U1006858

梦里花开
圣洁之邦

素眉萍生 著 / *Peggy Wang Ping*

Poetic Dreams of Pakistan

在波斯语和乌尔都语中，“巴基（pak）”是圣洁纯净之意，“斯坦（stan）”意为地方，巴基斯坦即为“圣洁之邦”。

心怀圣洁，因而启程……

Pak means “pure” in Urdu and “stan” adopted into the language from Persian means “land” or “place”. Thus, Pakistan is “land of the pure”.

Longing for purity, I set off ...

序
Forword

我祝贺王小姐写了这样一本内涵丰富的书。她通过独特的写作手法，将那些著名的巴基斯坦和中国诗歌共同呈现给大家，从中反映出两国伟大诗人们的精神实质，也反映出两国之间深厚的文化渊源。王小姐为促进中巴两国间的文化交流做出了自己的贡献。此书必将引起广大读者的浓厚兴趣，特别是年轻一代，去更多地了解中巴两国之间深厚并历经考验的友谊。它也是一座联结两国文化的桥梁。

巴基斯坦驻华大使

马苏德·汗

2011年12月30日

I wish to compliment Peggy Wang for writing a well researched book. The title *Poetic Dreams of Pakistan* says all. Most importantly, through her creative writing skills, Peggy has succeeded in bringing the works of great poets from Pakistan and China together. The themes have been articulated brilliantly. It brings the richness of the poetries from our two countries to light and fully reflects the true spirit of the writings of our great poets. The book captures the essence of the close and deep cultural ties between Pakistan and China. The author through her work has made an intense effort to further strengthen and promote mutual understanding of our cultures. The book would have an abiding interest for all readers, especially, the younger generation which is keen to learn more about the all weather and time tested friendship between Pakistan and China. The book would serve as a bridge in forging closer connections between the peoples of Pakistan and China and be a timely addition to the cultural heritage of both countries.

Masood Khan

The Ambassador of Pakistan in China

自序
Preface

梦里花开
Blooming at Midnight

听说我要去巴基斯坦，亲友们多多少少会流露出某些异样的神情。我想，这一方面是出于安全的考虑，因为近年来极端恐怖主义的阴影笼罩着这片古老而神奇的土地，尽管实际情况并不像大家想象的那么糟；另一方面，也许就是所谓“现代文明”的价值观在起作用了。与那些令国人神往的发达国家相比，巴基斯坦既不是令人目眩神迷的购物天堂，也没有什么灯红酒绿的娱乐场所，却有不少与故宫、长城、金字塔相媲美的世界文化遗产，以及世外桃源般的自然美景。我完全理解一个迅速崛起的民族对于物质的追求和“发达”的渴望，但又怎能忽视那些伟大历史和灿烂文化所蕴含的精神力量呢？这种力量正是我们在这个日趋浮躁的世界中不断创造并获取智慧的源泉。这也就是为什么在拉合尔的老城区漫步时，看到那些保存完好的街巷和雕刻着精美花纹的老木门的时候，我会感到无比的骄傲，尽管那里并不是我的故乡，我能深深感受到一种对历史和文化的尊重，这样的生活理念，值得那些奋力追求“现代文明”的朋友们借鉴和思考。在我的故乡北京，也有灵气十足的老宅、布局齐整的胡同和历经风雨的木石雕饰，看着他们逐渐隐迹于崭新的高楼大厦中，心里总有一种说不出的滋味。

本书记录了我2008年和2010年春天两度到巴基斯坦旅行的经历和感受，确切来说是自己数年来的感受。在很长一段时间里，我都在不停地寻找，在茫茫人海中，在渐渐退色的记忆中，在世界各个角落，在不同颜色的眼睛里，用我喜爱的相机捕捉某种瞬间的安慰。也许，没有什么比诗歌更能表达内心深处的瞬间了，无论是巴基斯坦诗歌，中国的唐诗宋词，古代印度、波斯和阿拉伯诗歌，经典的欧美名篇，还是夜深人静时自己信手涂鸦的拙作，全世界的诗都是一样的，都是人类宝贵的精神财富，每个人也都是自己生命的诗人，只要你愿意用心去聆听。因此，当我在拉合尔古堡看到那历经尘劫而依然璀璨的镜宫时，首先联想到的是白居易《长恨歌》里的浪漫诗句，是杨贵妃与唐明皇的爱情故事，以及某种亘古不变的精神实质。当我看到都市的灯红酒绿在夜色中的北京什刹海湖面上轻轻颤动时，不禁想起了费兹的那首《城市之光》，这也是我期待与你分享的一种感受吧。

不过，我也会时常陷入一种自我怀疑的苦恼中，我只懂中文和英文，只能从英文的译作里寻找那些乌尔都语、波斯语和阿拉伯语原创诗文的精髓。于是，英文成了最好的媒介。在翻译和写作的过程中，我越来越体会到，那些流传千古的名篇佳句，从未在任何语言的翻转过渡中丧失灵魂，而在浩瀚的历史长河中，在不同地域和文化思想的碰撞中光芒四射。每一次翻译都是一次爱的诠释，每一位译者都倾注了自己深厚的情感，那些伟大的作品才得以广为传颂、生生不息，有一种语言是人类共通的，就是心灵深处的语言。譬如苏菲派的诗歌，感人之处就是那种至真至爱的境界，至于歌颂的对象是人还是神，其实并不影响我们内心深处那种美好的感受。

一直相信世间有某种不可理喻的存在——缘分，而缘分也不仅仅是人与人之间的。在这大千世界中，天地何其寂寥，生命何其壮阔，一草一木皆有缘，万水千山总是情。小到一粒砂石，大到一个国家、民族，冥冥中自有期许。于是就有了与巴基斯坦的缘分，她的自然奇景，她的多元文化，她的博大精深，她的纯朴民风……2008年的春天，当我第一次踏上这片位于南亚次大陆的神奇之地，就有一种似曾相识的感觉，因为那些大树上盛开的红彤彤的花朵，曾经出现在我的梦里！曾经在某个午夜的梦境中倾情绽放。或许，每当夜深人静的时候，也有一些人和我一样因为脑海里浮现的某些新奇思绪，因为白天设定好的某个情节的延续而无法入睡，或者完全是为那些来自灵魂深处的不安，与其看着它们在世俗的阳光下难以觅得栖息的土壤，并被日趋功利的浮躁渐渐同化、淹没，不如在沉静的午夜与之共舞、随之绽放。

现在，这些盛开于午夜的花朵，就在你的手中。

很欣慰。

When heard about my plan of traveling to Pakistan, my friends somehow responded with some surprising looks. I think, on one hand, they were worried about the safety issue because terrorism has been shadowing on this charming and ancient land in recent years, despite the actual situation is not as bad as we have imagined. And on the other hand, they might have been affected by the so-called "modern civilization" value standard. Compared with those attractive and developed countries, Pakistan is neither a dazzling paradise for shopping, nor a place for the lap of entertainment. But it is rich with so many world cultural heritages compared with those world-famous attractions as The Forbidden City, The Great Wall, The Pyramids and numerous other natural attractions. I can totally understand the pursuit toward materials and the thirst for "prosperity" of a rapid growing nation, but how can we ignore the spiritual wealth brought by those great history and brilliant culture? This kind of power is the fountain for us to create and obtain wisdom in this uncertain world. This is the reason why I felt proud when I observed those well maintained streets, alleys, and the old wooden doors carved with exquisite patterns while I was roaming in the old walled city of Lahore. I can deeply sense the historical and culture-respecting spirit, though it is not my own hometown. This kind of living attitude is worthy thinking over by those who are striving for "modern civilization". In my hometown, Beijing, there are also numerous adroit old buildings, Hutongs with neat layout carrying wooden or stone decorations. I felt so depressed when witnessing them gradually immersed in the new modern surroundings.

This book recorded my experience and feelings of my two trips to Pakistan in the springs of 2008 and 2010 respectively, especially the feelings of recent years. I have been seeking for something for a long time throughout the world, in the crowds, in my fading memories, in eyes of different colors, using my favorite camera to capture some sorts of instant comforts. Maybe there is nothing but poems can express my feelings deep inside. No matter Pakistani poems, Chinese classical poems of Tang and Song Dynasties, poems of ancient India, Persia and Arab, or classical European and English masterpieces and my own works written at midnight, they are all spiritual wealth of mankind. Everyone is a poet in oneself, as long as you are willing to listen. Therefore, when I saw the Mirror Palace in Lahore Fort which was still dazzling through years, I suddenly thought of the romantic lines written by Bai Juyi, a famous poet in Chinese Tang Dynasty in his "Song of Eternal Sorrow" which tells about the love story of Concubine Yang and Emperor Xuanzong in Tang Dynasty and some sort of immortal spirits. When I saw the glittering lights slightly waving on the rippling lake of Houhai in a quiet night in Beijing, I couldn't help thinking of *City of Lights* written by Faiz Ahmad Faiz. This is also what I expected to share with you in the book.

However I would usually feel confused as I only know English and Chinese and I have to search for the original meanings of Urdu, Persian and Arabic poetries from their English translations, which has become the best medium language. It is also in this process that I gradually understand those ancient famous quotes never lose their spirit after being translated into other languages, and moreover, they are still unblemished after different cultural collisions because every translation is an interpretation of love and every translator has devoted his or her deep feelings into this work. As a result these great works are able to be widely spread and prosperous. There is a language which belongs to all mankind and deep inside our soul. Take Sufi poetry as an example. It is touching the true and beloved state. As for the love object, whether the theme is man or God, it does not affect our wonderful feelings inside.

I always believe the existence of some mysterious things in the world - chemistry, which doesn't only exist among people but among all the creatures of nature. Everything is solitude in our wonderful world; life is magnificent; every small grass is growing with love; mountains are fascinating and charming. As small as gravel and as large as a country or a nation, each one has its own expectation somewhere. Therefore, there comes the chemistry with Pakistan with her natural wonders, her colorful multi-cultures, her profound history and her featured folk arts. When I first stepped on this magical soil which is located in the subcontinent of South Asia in spring of 2008, I found it was so familiar to me because the bright and red flowers blooming on those big trees used to appear in my dream in the midnight! Perhaps, when deep night falls and everything becomes quiet, there are some people like me who can't fall asleep well because of some new intuition coming and setting a good continuation of some plot during the day. Those thoughts are difficult to find a bit under the sun.

Some of the flowers blooming at midnights are presented here.

Peggy Wang

July 2012, Beijing

目录 Contents

缘起
Inspiration

我终于完成了这次灵魂的修行
念自飞雪寒冬
获于十月金秋
仿佛孕育一个生命
充满了爱的悟觉，好奇的期待，回归的自省
以及
平静的感恩——

感谢父母
给我生命的血脉
感谢神
给我冥冥中的指引
感谢所有关注此书成长的朋友
所给予的
无私和真诚

感谢
那些默默无闻的长夜
和
所有旅途中的邂逅与离散
美好的，伤感的，无奈的，迷惘的
诗意的……
使我逐渐清晰
所思
所在

在落日熔金的卡拉奇海边随骆驼漫步
在云雾缭绕的穆里山上迎风起舞
在塔克西拉的残垣断壁中寻觅玄奘的足迹
在拉合尔厚重的老墙下倾听历史的呼吸
抑或
在伊斯兰堡随风飘落的花瓣雨中
在杜帕塔丝巾亦真亦幻的朦胧里
品味那一缕缕
爱与哀愁……

Finally I concluded this pilgrimage of my soul
Conceived in the snowy winter
Delivered in the golden october
Like gestating a baby
Full of awakening love
Curious expectations
Sober introspections and
Sincere thanks -

Thanks to my parents
Who brought me to life
Thanks to God
Who guided me in bewilderment
Thanks to all the friends
Who gave me selfless concern on the book
Thanks to those quiet nights and
All the encounters and separations of my life

No matter pleasant or painful, firm or hesitating
That made me more and more clear of
What I think and where I am

I am
Strolling on Karachi beach with camels in the golden twilight
Wandering on the clouds-clad Murree Mountain
Tracing footprints of Xuan Zang in ruins of Taxila
Listening to echo of history under old wall of Lahore or just
Immersed in the rose petals' breeze in Islamabad
Feeling the elegant wave of Dupatta and
The ebb and flow of love and sorrow ...

（张昊　摄）

寻找拉合尔的灵魂

Tracking The Soul of Lahore

在时空倒错的幻影中，我依稀看到了莫卧儿王国宫女们翩翩起舞的曼妙身姿，那个大眼睛的姑娘或许就是传说中的安娜卡莉？难道，在某些时刻，某些地点，深邃的目光也是灵魂的轮回吗？

Suddenly time and space flew backwards, I vaguely saw the charming phantom of a group of Mughal Kingdom dancers, amongst whom eyes were shinning and big like the legendary Anarkali! It seemed that the graceful glimpse from her soul revived after hundreds years reincarnation.

莫卧儿时期的经典建筑

快到拉合尔的时候，天色已晚。车窗外，宽阔的路网正慢慢收缩着，霓虹灯广告渐渐多了起来，和进入任何一座城市别无两样。也许是对于这座昔日的莫卧儿帝国之都充满了期待，心中隐隐有些紧张，还夹杂着些许臣民觐见君主前的兴奋。难道，是因为自己沉浸在那些故事里太久了？

始建于公元1世纪的拉合尔已经有两千年历史了，在水草丰盛、土地肥沃的旁遮普平原滋养下，在盛极一时的莫卧儿帝国光辉映射下，在能工巧匠们的精雕细琢下，她所散发出的内涵之美实在是令人品味不尽。据说拉合尔是由印度教罗摩神之子Lo所建，称为“Loh Awar”，后来逐渐演变为今天的“Lahore”。据《大唐西域记》记载，约公元629年，玄奘曾经访问过这里，史称“磔迦国”。公元1152—1186年拉合尔成为伽色尼王朝的首都，1524年被来自中亚的莫卧儿人占领并定为都城。作为莫卧儿帝国的首都，拉合尔迎来了历史上最辉煌的时期，莫卧儿人在此大兴土木，修建宫殿、花园、宅院、清真寺等，“花园之城”的美誉由此而来。

莫卧儿王朝的首位君主
巴布尔画像

谈到莫卧儿帝国，和中国历史上的元代颇有渊源。16世纪初，在南亚次大陆建立这个统一新王朝的巴布尔，属于中亚蒙古地区的察合台蒙古—突厥人，父系铁木尔，母亲是成吉思汗的后裔，故自称莫卧儿人，因为“莫卧儿”其实就是“蒙古”一词的谐音。1526年，巴布尔从中亚入侵印度大陆，并在第一次帕尼巴特战役中战胜日趋没落的苏丹国，宣布为印度斯坦皇帝，标志着莫卧儿王朝统治整个南亚次大陆的开始。1530年，巴布尔的长子胡马雍继位。1540年，胡马雍在曲女城战役中被阿富汗酋长舍尔沙击败，被迫流亡波斯，莫卧儿王朝在印度的统治

花草一直是莫卧儿宫廷艺术的主要题材

暂告中断。1555年，胡马雍重征印度平原，占领德里和亚格拉，从而又恢复了莫卧儿王朝在印度的统治。1556年，阿克巴继位，实行了一些政治改革，采取宽容的宗教政策，巩固了莫卧儿王朝统治的社会、政治基础，推动了印度社会经济的向前发展。到贾沙吉尔（1605—1627）和沙杰汉（1628—1658）统治时期，莫卧儿王朝进入全盛时期。文化艺术亦进入一个新的发展阶段。这一时期的艺术特点，就是中亚的民族传统与波斯、印度本土的艺术相融合，渗透于建筑、音乐、绘画、文学、哲学等诸多领域，成为今天巴基斯坦、印度的主流文化。举世闻名的拉合尔古堡、夏利玛花园和泰姬陵就是这一时期建筑艺术的典型代表。到了奥朗则布统治时期，帝国版图从喀布尔到吉大港，从克什米尔到次大陆南端的斯里兰卡，成为当时世界上最强大的帝国之一。但是，由于奥朗则布推行政教合一的政治体制并恢复对印度教徒迫害的政策，引起人民的强烈反抗，他死后，各省纷纷独立割据，莫卧儿帝国陷于四分五裂的状态。1764年，阿拉姆沙国王在布克萨尔战役中投降英国东印度公司，莫卧儿王朝沦为英国殖民者的附庸，名义上存在到1858年。

至今，无论巴基斯坦人还是印度人，都对这段历史上的辉煌引以为荣。因为莫卧儿王朝不仅是一个时代，更是一个永恒不灭的象征，标志着“穆斯林文明与印度文明相互融合的完美与光荣”。

不过，在黑漆漆的夜里进入这样一座千年古城，难免令人联想起那些伤感的传说。当穿过那厚厚的、古老城墙的时候，我的脑海里只是浮现着一个叫安娜卡莉（Anarkali）的莫卧儿宫廷美女。

据说，安娜卡莉是一位叫做埃扎兹（Ejaz）的波斯商人的女儿。父女俩在去印度经商的途中在喀布尔一带遭到匪徒劫持，后被地方官员解救。由于当时喀布尔是莫卧儿王国的一部分，美丽绝伦的安娜卡莉就被送到了当时的王国首都拉合尔，成为阿克巴（Akbar）国王后宫里的一位宫女。能歌善舞的安娜卡莉很快名声大振，也赢得了萨利姆王子（即后来的贾沙吉尔国王）的喜爱。在一次拉合尔城堡的宫廷舞会上，阿克巴无意中从宫殿廊柱上镶嵌的玻璃镜片里瞥见了正在跳舞的安娜卡莉向王子暗送秋波的神情，这在戒律森严的穆斯林王国当然是绝对不能容忍的，桀骜不驯的阿克巴下令将安娜卡莉逮捕并处以极刑。一个风华正茂的年轻女子竟然被站着活埋于厚厚的城墙里！萨利姆王子悲痛欲绝，却又无能为力，只好盖了一座漂亮的陵墓来纪念自己的心上人。

其实，在莫卧儿王朝统治期间，无论王公贵族还是平民百姓，往往受到封建礼教和宗教戒律的双重桎梏，不敢追求真正的爱情而抱憾终生。19世纪著名的乌尔都语和波斯语抒情诗人迦利布也是深受其苦，他用这首饱含哲理的诗篇抒发了爱情的宝贵和生命的短暂易逝：

若要人动心，叹息需一世。
人生不长久，汝法谁可及？

一浪一陷阱，阱阱伏鳄鱼。
水珠变珍珠，艰险谁人知？

情场需耐心，心情却太急。
肝血可涂地，此心怎处置？

姑且相信君，不会太大意。
只恐知我时，我已化成灰。

阳光照耀处，露水当飞逝。
我亦无奢望，一顾死不惜。

人生如火星，一世一叹息。
火灭人即亡，劝君莫麻痹。

人生常忧伤，非死岂可医？
蜡烛总流泪，直到天亮时。

——密尔扎·迦利布《若要人动心》

（张世选　译）

是啊，天不亮，烛不熄。在这夜深人静的拉合尔老城墙下，又是谁在扼腕叹息呢？

关于安娜卡莉的故事，流传已久却又无从考证。或许，那座建在花园里的白色大理石陵墓本身就是一个美丽的象征。1611年，一位来到拉合尔做生意的英国人William Finch首先在其日记中描述了这位“阿克巴妃子”的陵墓：“正方形的大花园里坐落着华丽的大理石陵寝，四面是高高的围墙，中间有一扇门通向墓室。上面镶嵌着黄金和珠宝，极为奢华。”1857年，出于殖民统治的需要，陵墓被英国人改建成了教堂。墓碑和主体建筑均受到了不同程度的损毁。1891年，主体建筑又被改为旁遮普省政府秘书处的档案馆。直到1960年，巴基斯坦政府开始对其进行保护和修整，并对外开放，陵墓的主厅成为一座博物馆，展出各种珍贵的书画、钱币等文物。不过，在拉合尔人的心中，它永远是安娜卡莉——那个年轻美丽的莫卧儿宫女的陵墓，拉合尔有一条繁华的商业街也是以“安娜卡莉”命名的。从这个意义上说，这是一座女人的城邦。由此，不难看出拉合尔人浪漫多情的性格特征。这一点，来源于他们与众不同的气质。与其他省份和地区的巴基斯坦人相比，拉合尔人的精神更加饱满，谈吐更加优雅大方，细腻而富有情趣，举手投足间仍可窥到莫卧儿帝国子民的优越感。

在拉合尔高档酒店举行的婚礼中盛装出场的新娘

了解昔日帝国子民们的精神面貌的最佳方式，莫过于参加他们的婚礼。无论走到哪里，我发现，喜庆而庄重的场合往往最容易烘托出人的气质，那种纯粹而唯美的气质。2008年3月，一个偶然的机会，我在拉合尔市中心一家名叫Pearl Continental的四星级高档酒店目睹了一次“现代化”的婚宴。实际上，正式的结婚典礼已经举行过了，这是女方家里款待双方亲友的宴会。在巴基斯坦，结婚是一件极为重要的人生大事，传统的婚礼从订婚开始要持续几个月甚至一年，十分讲究。首先是订婚仪式，分别在男方和女方家里举行，然后是热闹非凡的婚礼大典，以及迎亲、婚宴等仪式。拉合尔作为一座历史悠久的大城市，受西方的影响人们思想比较开化，所以在高级酒店里大摆婚宴既有排场又很时尚。暮霭时分，一辆辆香车宝马缓缓驶过酒店大门，走下来的都是珠光宝气的阔太和西装笔挺的男士，在优雅钢琴曲的伴奏下昂首阔步迈向宴会厅，那悠然自得的神情令人无法想象就在不到一天以前在相隔不远的市中心区域刚刚发生的恐怖爆炸。用导游法罕的话来形容，“这就是拉合尔呀！”是的，在这流淌着贵族气息的千年古城里，生活就是一种态度，那种兵临城下也不紧不慢的态度，所处兵家必争之地的拉合尔似乎早就见怪不怪了。据说，这是一次拉合尔上流社会的豪门婚宴，来的全是达官显贵，也许他们的身上还流淌着莫卧儿帝国的血统？一阵寒光闪过，是精致的纱丽披肩上绿宝石和钻石交相辉映的璀璨，是千百年传承下来的奢华贵气。

最引人注目的当然是坐在由鲜花和枝叶编成的“秋千椅”里接受亲朋好友祝福的一对新人，这对天造地设的帅哥靓女极易唤起人们关于某个印度大片里男女主角的联想。不过，真正令我瞠目结舌的还是站在宴会厅门口迎接宾客的女主人——新郎的母亲，四十上下、皮肤白皙、气质高雅的她竟然穿着大面积露肩露臂的西式薄纱晚礼服，和世俗化开放程度较高的土耳其不同，巴基斯坦还是清规戒律较多的伊斯兰教国家，大街小巷都买不到一滴酒，无论天气多热女人们都是一身长袍大褂不离身，更不用说袒胸露臂了。所以，无论从这次婚宴的地点、着装、场地布置、背景音乐还是西式自助餐，拉合人的“Open”与大气都可见一斑。

如果说拉合尔是一本厚重的历史书，那么最好的阅读地就在拉合尔博物馆。来自古印度、佛教、莫卧儿时期和锡克王朝的各种珍贵文物和艺术品在令人眼花缭乱的同时，也不由令人感叹那曾经繁华的往昔，毫不逊色于世界上任何一座历史古都。拉合尔博物馆的镇馆之宝就是那赫赫有名的“涅槃的佛”雕像，第一眼看到时，完全是一种视觉上的震撼和心痛，那瘦骨嶙峋、历尽沧桑的独特造型，让许多亚洲虔诚的佛教徒不远千里专程前来朝拜。

莫卧儿时期的传统婚礼

在途经市区的路上，我被眼前郁郁葱葱的棕榈树所迷醉。巨大的林荫道两旁，很多英式的建筑依次排开，最引人注目的当属旁遮普大学了。这是巴基斯坦著名的综合性大学，始创于1882年，是巴基斯坦历史最悠久、规模最大的高等院校，曾培养出三名诺贝尔奖得主。从这个意义上讲，她算是一所世界级的高等学府吧。艺术系的主楼是一座英式与穆斯林风格相融合的建筑，暗红色的砖墙、镂空的窗户和线条圆润的拱顶在一片片绿荫的掩映下有一种说不出的韵味，我想，在这样精致优雅的古建筑里学习艺术一定会灵思泉涌吧？身旁，一阵欢声笑语，走过几

在拉合尔古城的伊克巴尔公园内，有一座洁白肃穆的白塔，是为纪念巴基斯坦国父真纳1940年3月23日再次宣读建立巴基斯坦的拉合尔决议而建立的

位身披彩色丝巾的女学生，据说在旁遮普大学艺术系的女生最有气质，思想也比较开放，教室里那些抽象的当代艺术绘画、雕塑和人体解剖图与中国国内别无两样，这再一次颠覆了我对这个伊斯兰教国度的那一点点保守的偏见。大学的门外就是一条主干道，街心岛上有一尊巨大的铜火炮，站在街对面望去，就是校园内高高的哥特式的塔尖。

显然，这些都是19世纪英国殖民时期留下来的“英印混血”风格的建筑。虽然有一定的历史价值但是并不能真正反映出拉合尔——这座千年古都的灵魂。当道路变得越来越拥挤，当小毛驴和摩托车不断擦肩而过的时候，我的心不禁怦怦直跳起来，这才是拉合尔的心脏，被誉为“城中之城”的老城区！原来，拉合尔的城区面积可以说就是一块弹丸之地，随着外来人口的涌入和城市规模的扩大，在老城外围不断修建了新的建筑，逐渐形成了现在的城市规模。就像北京，二环以外解放前均是菜地乡村，如今四环、五环都是一片繁华的市景了。只是，故宫和长城恐怕都令人难以完全解读老北京的人文底蕴，唯有那些窄窄旧旧的胡同才是千年古都流淌下来的人文血脉，才是和皇城匹配的灵犀所在。而拉合尔老城的街巷就和老北京前门外的胡同一样崎岖狭窄：

可这儿，就是我们坐的这些地方，还有从这儿到拉维河之间那些更旧的城区，这一片儿特别拥挤，跟迷宫似的，是这个城市的心脏，就是在这儿，拉合尔的城市气里倒还透露些个民主。真的，在这儿，坐四个轮子的只能乖乖下来，汇入到人群里，跟大家伙儿一起走路。①

① 《拉合尔茶馆里的陌生人》，哈米德（Hamid.M）著，吴刚译，上海译文出版社，2009。

可见拉合尔老城的密集程度决不亚于老北京的胡同，这里每平方英里面积上的人口达到26万，平均每英亩约有58间住户、400多居民，商户超过4300家，有65家小学以及300多家清真寺。大家抬头不见低头见，虽然拥挤一些倒也乐在其中。漫步其间，我忽然有一种时空倒错、重归故里之感，我的童年就是在北京南城的老胡同里度过的，那里也有饱经沧桑的城楼、曲曲弯弯的胡同、善良淳朴的居民和调皮可爱的小猫。而眼前这些雕刻精美的木制小楼简直就和北京前门外老商号的木雕装饰一样，散发着历史的厚重与温馨。还有那厚厚的城墙中的老城门，杂草丛生的时空隧洞，穿梭了几百年啊！它们与北京的老城门一样，也是各有用途和来历。阿克巴门（Akbari Gate）和萨利姆门（Shah'Almi Gate）都是以莫卧儿帝国国王的名字命名的，通向鞋子市场的莫奇门（Mochi Gate）的名字来源于阿克巴宫廷中的一位叫做莫奇的官员。最小的莫瑞门（Mori Gate）原本只是一个运送垃圾的墙洞，时间长了就改造为运输垃圾的专用门。亚齐门（Yaki Gate）是以一位在战争中誓死保卫拉合尔的勇士的名字命名的。德里门（Delhi Gate）通向销售谷物和香料的热闹市集。这样历经风霜的城门与市集，在我的故乡，早已消失在岁月的洗礼中，封存在记忆的永恒里了。所以，我只有到胡同里去寻觅它们的影子。一个人慢慢溜达，呼吸之间能感受到生命的存在、历史的酸甜苦辣、未被记入史册的普通百姓的市井人生，以及时代变迁的风风雨雨，人情冷暖的恩恩怨怨。那曾经养育我的水土，流淌着童年记忆的小巷大多已是杂草丛生、满目苍凉，似曾相识的是喜欢坐在院门口闲聊、晒太阳的老人们，他们脸上的皱纹和老木门上的丝丝裂痕一样彰显着

北京城南胡同里的老木门，与拉合尔老城的木雕一样彰显着命运生生不息的质感

▲这样精雕细刻的木栏使我感到重归故里的亲切

拉合尔老城

命运生生不息的质感。虽然胡同窄小，曲曲弯弯，却是通透自由，舒畅随性，毫无CBD里高楼大厦中的压抑与光怪陆离。

* * *

也许，从拉合尔古堡大门那洁白宏伟的外貌，看不出它是一座历经多次摧毁、重建、修复、改造的建筑。始建于公元11世纪初加兹纳维王朝时期的拉合尔古堡最初只是由泥土垒成的军事要塞。1566年，莫卧儿王朝的阿克巴大帝出于战略防御的需要拆除了破损不堪的土城，在原有基础上用红褐色的岩石修建了这座砖石结构的堡垒，随着王朝的巩固和兴盛，接下来的历代帝王，包括贾沙吉尔、沙杰汉和奥朗则布都不断对古堡进行扩建、翻修，使原本具有战略意义的军事要塞逐渐演变成为一座气势恢宏的皇家宫苑，如同故宫。特别是在莫卧儿王朝第五代君主沙杰汉统治时期，国运昌盛、大兴土木，将古堡原来的红砂岩城墙改成了白色大理石，并缀以各色宝石、玛瑙、玉髓等，堪称波斯与印度风格结合的典范。18世纪末开始，古堡先后遭到锡克人和英国人的占领和破坏，在20世纪初期才逐步恢复成今天的面貌。

走进白色城门，眼前呈现的除了有许多白色大理石建成的廊柱外，大部分的城墙还是红砂石建成的，红白相间是莫卧儿时期的建筑特色。这座气势宏伟的城堡呈长方形，东西长480米，南北宽330米，城内共有21座建筑物，堡内道路四通八达，走廊处有精雕细镂的云石屏风，红墙上布满精美的艺术雕刻，极尽华丽。各式宫殿风格各不相同，但是精湛的建筑工艺都十分令人惊叹，金銮殿、寝宫、沐浴房、后花园、清真寺、镜宫、八孔门、博物馆、喷泉等都是古代建筑艺术的珍品。各个宫殿的墙上、天花板上都镶嵌着色彩鲜艳的花卉图案，有些破损了，有些褪色了，但是那历经尘劫的沧桑之美依然令人目眩神迷。

在这里，你会发现莫卧儿帝国君主们留下的遗迹：阿克巴时代雕刻复杂图案的砖雕；贾沙吉尔寝宫屋檐的圆弧上描绘的老虎、大象、孔雀等动物显示了穆斯林与印度文化相融合的特征；沙杰汗和奥朗则布以大理石取代红砂石，并大量使用镶嵌艺术和琉璃瓦。特别是被誉为“莫卧儿画室”的贾沙吉尔寝宫，已被当作城堡的博物馆对外开放了，藏有绘画、书法、钱币等珍贵文物，最引人注目的当然是那些融合了印度本土风格与波斯艺术特征的宫廷细密画。细密画，顾名思义，是一种笔法细腻的小型绘画形式，有些像中国的工笔画。在东方，波斯细密画尤为著名。当时，有许多来自波斯的建筑师和画家，供职于莫卧儿宫廷，他们带来了波斯的文化艺术，加之西方绘画观念的传入，与印度本土所固有的传统风格相互交流、融合，开始形成真正的莫卧儿细密画，并不断发展成为该时期最为风行的宫廷绘画形式。

拉合尔古堡内的走廊

可见，要读懂拉合尔古堡，就离不开那段历史。而造就那段历史的，不仅仅是驰骋风云的莫卧儿帝王，还有他们背后的女人。她们几乎与那些男人一样伟大，在某些方面甚至更优秀。这些漂亮、温柔且极具天赋的女性们不但在文化、艺术和经济领域做出了贡献，而且还在政治领域扮演着重要角色。深藏在面纱背后，周旋于宫墙之间，她们以美丽、智慧和柔情创造出的文化遗产是那个时代流传下来的宝贵精神财富。

最具影响力的莫卧儿女人当属沙杰汉的皇后阿姬曼·玛哈尔。今天我们仍可看到她的倩影——举世闻名的泰姬陵和拉合尔城堡的镜宫，都是痴情皇帝耗费国库巨资为她修建的。

阿姬曼·玛哈尔原名阿尔珠曼德·巴努，是国色天香的波斯贵族后裔，据说在一次宫廷宴会上与身为皇太子的沙杰汉一见钟情，虽然国王反对他们的婚事，两人发誓同生共死、形影不离。特别是在沙杰汉因与父亲发生矛盾而遭流放的7年时间里，巴努一直伴其左右、患难与共。1628年，沙杰汉终于登上皇位，为了感激与表达爱意，赐给她一个封号“阿姬曼·玛哈尔”，意为“宫廷的皇冠”，后来印度人她称为“泰姬·玛哈尔”，简称泰姬。两人十分恩爱，无论是出游巡访还是征战沙场，沙杰汉都与她形影不离。这样浪漫的宫廷爱情，历史上在以男权为中心的封建亚洲国家其实并不多见，能与之媲美的还有唐明皇与杨贵妃的故事。我们不妨通过白居易的生花妙笔去想象沙杰汉对玛哈尔的那份深情：

莫卧儿细密画

天生丽质难自弃，一朝选在君王侧。
回眸一笑百媚生，六宫粉黛无颜色。
春寒赐浴华清池，温泉水滑洗凝脂。
侍儿扶起娇无力，始是新承恩泽时。
云鬓花颜金步摇，芙蓉帐暖度春宵。
春宵苦短日高起，从此君王不早朝。
承欢侍宴无闲暇，春从春游夜专夜。
后宫佳丽三千人，三千宠爱在一身。
金屋妆成娇侍夜，玉楼宴罢醉和春。

——白居易《长恨歌》(节选)

But nature had granted her graces that could not be cast aside,
And one day she was chosen as maid at the monarch's side.
Whenever she turned round with smiles, ogling, how spellbound!
All of the lilies and roses of Six Chambers were pale found.
One chill spring basked in his favour, she bathed in Hua Qing Springs,
Smooth, lukewarm was the springs that laved her lovely cream-like skin.
The maid of honor popping her up, she reclined with languor.
Thence first she found the way into the heart of Emperor.
Her hair like cloud and cheeks like bloom, adored with gold step-swings;
Amid brocade bed-curtains they spend mild evening of spring.
The nights of spring were short, they slept away late in the day;
The Lord from this time forth with morning audience put away.
Upon the feast and revels, she busied herself to attend;
Nor a spring outing she absent, nor a night without him spent.
Although the monarch had three thousand beauties of his own,
Yet he fixed his affections of three thousand on the one.
In splendid room, dressed up, she flirtingly served well the night;
In ornate hall, as carousal ended, she's tipsy with delight.

— Song of Everlasting Sorrow (Section)
by Bai Juyi (772-846) in Chinese Tang Dynasty
Translated by Zhang Danzi

凄美的镜宫，使我联想起唐玄宗与杨玉环的爱情故事

爱是穿越时空的永恒，从纸醉金迷的大唐腹地长安到盛极一时的莫卧儿王朝古都拉合尔，歌舞升平背后，历史演绎着同样荡气回肠、生离死别的爱情传奇——

在一个皓月当空的夜晚，玛哈尔在拉合尔古堡的花园里仰望群星，轻轻对沙杰汗说：“希望这美丽的满天星斗不要消失，如果躺在床上也能一睁眼就看到它们该有多好！”红颜一笑胜千金，于是，痴情皇帝下令调集全国的能工巧匠为泰姬修建一座能看到星星的神奇寝宫——镜宫。

镜宫于1631年开始建造，位于拉合尔古堡的西北角，选用高档大理石。天花板仿佛整百片花瓣重叠在一起的牡丹花，每片花瓣内镶嵌着许多大大小小的镜片，四面墙壁上镶嵌了用金箔、银箔、各色珍贵宝石做的花瓣和枝叶，穹顶和四壁粘贴着数十万片红色、蓝色和褐色的玻璃镜片。据说，到了夜晚，只要在大殿中间点上一支蜡烛，各色镜片便可交相辉映出一片浩瀚的星河，真是妙不可言！我们不难想象，痴情皇帝牵着蒙上双眼的皇后走进镜宫，轻轻打开蒙布的那一刻，是何等缠绵……

冰肌玉骨，自清凉无汗。
水殿风来暗香满。
绣帘开、一点明月窥人，人未寝，攲枕钗横鬓乱。
起来携素手，庭户无声，时见疏星渡河汉。

试问夜如何？
夜已三更，金波淡、玉绳低转。
但屈指、西风几时来，又不道流年、暗中偷换。

——苏轼《洞仙歌》

莫卧儿细密画

Immaculate as white jade, as crystal ice,
Your body lies cool,
Without sweat,
In the water palace
Full of the subtle fragrance
Bought in by a breeze.
The curtain pulled aside,
A speck of the bright moon peeps in
To find you sleepless, your hair
Disheveled, a hairpin
Dropped against the pillow.
Taking your slender hand, we rise
To stand in the silent courtyard.
Occasionally, a stray star is seen shooting
Across the Milky Way.
"How advanced is the night?"
"The night watchman has struck the third watch."
Golden waves of the moonlight fading,
A jade handle of the Dipper lowering,
We calculate with our fingers,
When the west wind will come,
Unaware of time flowing away like a river in the dark.

— *Night Song by Su Shi (1037-1101) in Chinese Song Dynasty*

Translated by Qiu Xiaolong

这是我在北京昌平一座修复后的古庙中拍摄的，春寒料峭的肃穆中夹杂着某种历史的无奈与悲凉

苏轼的这首《洞仙歌》描写了深得蜀主孟昶宠爱的花蕊夫人在河畔纳凉避暑的倩影。古今中外那些才貌双全的宫廷美女门，同样“花不足以拟其色，蕊差堪以状其容”，同样蜜意柔情，也是同样红颜薄命！花蕊夫人死于赵匡胤那位野心勃勃的弟弟赵光义的乱箭之下，同样不幸的是，就在镜宫竣工前一年，随君出征的玛哈尔在沙场中为皇帝生下第十四个孩子后因难产撒手人寰了，至死未能住进“镜宫”，年仅38岁。在她临终之际，沙杰汉悲痛欲绝地问爱侣：“如果你去世了，我该怎样纪念我们的爱情呢？”泰姬·玛哈尔说：“那就为我修建一座漂亮的陵寝吧，看着它，陛下就如同看到我。”痛失爱妻的沙杰汉万念俱灰、茶饭不思，一夜之间愁白了头发。历史的巧合是，在“安史之乱”中被赐死于马嵬坡的杨贵妃，和玛哈尔一样卒年也是38岁。伊人已去，魂安否？阴阳两重的痛苦都深深折磨着两位不同历史时期、不同国家的痴情皇帝：

临别殷勤重寄词，词中有誓两心知。
七月七日长生殿，夜半无人私语时。
在天愿作比翼鸟，在地愿为连理枝。
天长地久有时尽，此恨绵绵无绝期。

——白居易《长恨歌》(节选)

Era parting, she asked him to bear her earnest words with sorrow;
And her words told of a plighted troth that they two'd only know.
The seventh day of the seventh moon within the Long Life Hall.
It was midnight, and no one beside, we'd whispered all in all.
In heaven like a pair of lovebirds, we'd fly wing to wing;
Or else on earth, as twain trees with their branches entwining.
Endures the earth, endures the heaven, they shall wear away;
This sorrow, however, shall endure forever and a day!

— *Song of Everlasting Sorrow (Section)*
by Bai Juyi (772-846) in Chinese Tang Dynasty
Translated by Zhang Danzi

为纪念这段刻骨铭心的爱情，沙杰汉不惜动用一切皇家特权，举全国之力，耗资6500万卢比，几乎动用了国库中所有的资金，历经22载建成了闻名于世的泰姬陵——一座伟大的爱情丰碑。

皓月当空，宁静如水，静静地照在暗红色的围墙上。琴声悠悠、歌声袅袅，在静谧空旷的陵寝上空飘荡，350多年如一日，如泣如诉：

我喜欢你是静静的
仿佛你消失了一样
你从远处聆听我，我的声音却无法触及你
好像你的目光已经远去
如同一个吻，封缄了你的嘴
如同我积满一切的灵魂
而你从一切中出现，充盈了我的心
你像我的灵魂，像一只梦想的蝴蝶
你如同"忧郁"这个词
我喜欢你是静静的：好像你已远去
你听起来像在悲叹，一只如鸽般细语的蝴蝶
你从远处聆听我，我的声音却无法触及你
让我在你的静谧中安静无声
并且让我借着你的沉默与你说话
你的沉默亮若明灯，简单如环
你如黑夜，拥有寂静与群星
你像我的灵魂，像一只梦想的蝴蝶
我喜欢你是静静的：仿佛你消失了一样
远隔千里，满怀哀恸，仿佛你已不在人世
彼时，一个字，一个微笑，就已足够
而我会感到幸福，因那不是真的而感到幸福

——聂鲁达《我喜欢你是静静的》

I like for you to be still: it is as though you are absent
and you hear me from far away and my voice does not touch you
It seems as though your eyes had flown away
and it seems that a kiss had sealed your mouth
As all things are filled with my soul
your emerge from the things, fill with my soul
You are like my soul, a butterfly of dreams
and you are like the word melancholy
I like for you to be still, and you seem far away
It sounds as though you are lamenting, a butterfly cooing like a dove
And you hear me from far away, and my voice does not reach you
Let me come to be still in your silence
And let me talk to you with your silence
That is bright like a lamp, simple as a ring
You are like the night, with its stillness and constellations
Your silence is that of a star, as remote and candid
I like for you to be still: it is as though you are absent
distant and dull of sorrow, as though you had died
One word then, one smile, is enough
And I'm happy, happy that's not true

— I Like For You To Be Still

by Pablo Neruda

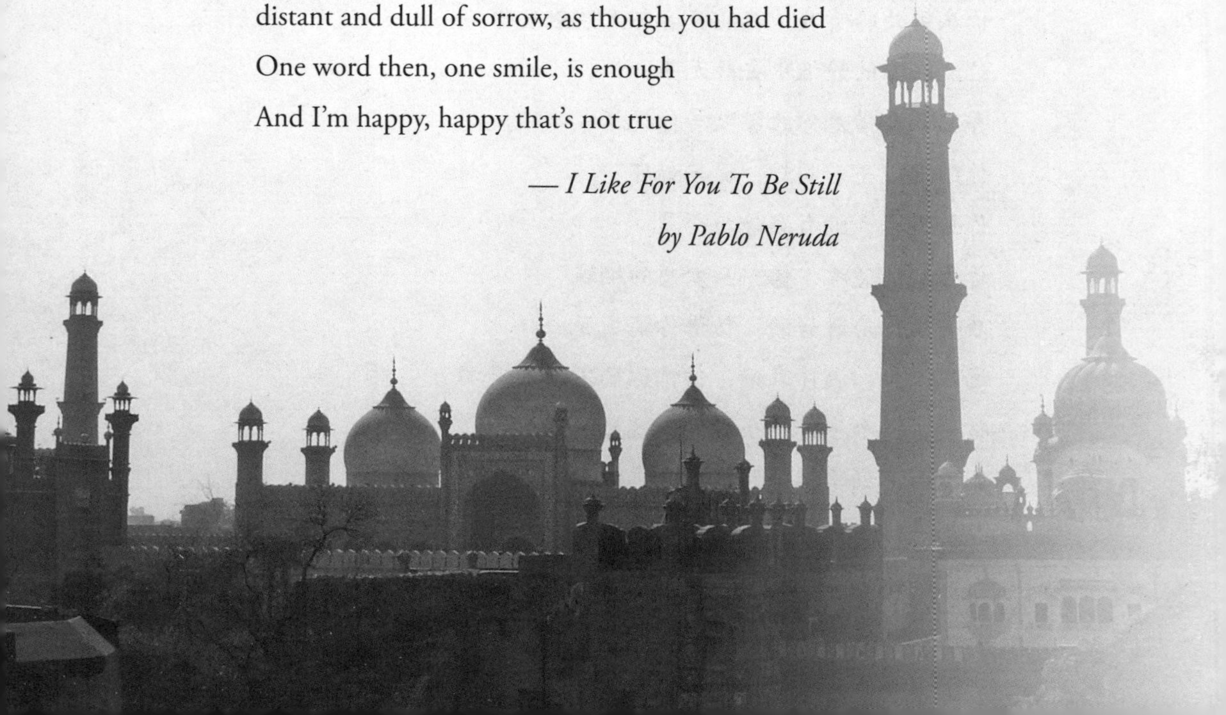

不知不觉已黄昏，在橘色夕阳的映衬下，拉合尔古堡几分朦胧，几分哀怨。四周游客渐疏了，不远处的走廊内，几位身着传统服装的巴基斯坦女生笑语盈盈，春风拂面，正是：

雕栏玉砌应犹在，只是朱颜改！

身着传统服饰的巴基斯坦女学生

恍然间，在时空倒错的幻影中，我依稀看到了莫卧儿王国宫女们翩翩起舞的身姿，其中，那个大眼睛的姑娘或许就是传说中的安娜卡莉？难道，在某些时候，某些地点，美丽的回眸也是灵魂的轮回吗？

带着些许疑惑和感慨，我慢慢登上了位于古堡后方的阁楼。在一片薄暮中，整个古城尽收眼底。不远处，那波光粼粼的一片就是拉维河（River Ravi）——那支传说中的母亲河。水是文化的源泉，也是古城的血脉。纵观世界上的历史名城，大多雄居水源充沛、物产丰盈的战略要地，例如尼罗河畔三角洲上的开罗，萨汉德河谷中的大布里士，拉合尔亦不例外，她所处的五河流域、号称“南亚粮仓”的旁遮普省自古以来就是人杰地灵的兵家必争之地，也是古代南亚丝绸之路上的重镇和人文荟萃之所。从阿富汗的喀布尔到印度的加尔各答，两千多年以来，无数的佛教徒、印度教徒、耆那和锡克教徒都曾踏上这条敬仰之路，沿着印度河、拉维河与恒河，持之以恒地探索。眼前的这条拉维河（River Ravi），缓缓流经拉合尔城东部，几千年如一日，犹如一位惯看秋月春风的老人，将古城的繁华与哀怨尽收眼底；又如母亲的血脉，不断滋养着拉合尔人的性灵。诗人伊克巴尔（Iqbal）正是得益于这座千年古城的滋养，那汩汩而来的河水，那如血黄昏下的小船和婆娑的树影，不知给予了诗人多少创作的源泉与遐思：

伴着静静的旋律，
拉维河流向远方。
起伏的河水激起我心中的涟漪——
那树影婆娑的世界，和对主的敬畏

身临流水，
心在何方？
只见一位长者
踯躅于血色残阳

一天又将归于沉寂
没有露水，
只有落日留下的花儿朵朵
远方，那群庄严 的尖塔
是莫卧儿帝国的骄傲
诉说着那个专制的年代
那段史诗般的传奇

哪里是终点？
只有用心去聆听沉寂的歌声
与树木窃窃私语
一叶孤舟转瞬消失于河心的湍流
流水承载了生命的永恒
生不如此，死不消亡
永不言败，
亦无止境！

——伊克巴尔《拉维河畔》

Lost in its own silent rhythm, the Ravi sings its song.
In its undulating flow I see the reflections in my heart—
The willows, the world, in worship of God

I stand at the edge of the flowing water
I do not know how and where I stand —
In the wine-coloured dusk
The Old Man shakily sprinkles crimson in the sky

The day is returning to where it came from
This is not dew; these are flowers, gifts from the sun
Far off, a cluster of minarets stand in statuesque splendour
Making where Moghul chivalry sleeps
This place tells the story of time's tyranny
A saga of a time long spent

Where destination is this?
A quiet song only the heart can hear?
A gathering of trees speaks for me
In midstream, a boat hurtles by
Riding the relentless currents
Darting beyond the eye's curved boundary

Life flows on this river of eternity
Man is not born this way; does not perish this way
Undefeated, life slips beyond the horizon,
But does not end there.

— *On The Banks of River Ravi by Iqbal*

*　*　*

巴德夏希清真寺又名皇家清真寺，“巴德夏希”在乌尔都语里是“皇帝”的意思，它就对着拉合尔古堡的正门，是一座典型的印度穆斯林式建筑。世界上所有与皇家有关的建筑都是极富威严的，如果再与宗教结合，就显得更为神圣了。巴德夏希清真寺作为世界上规模最大的清真寺之一带给人的视觉冲击绝不亚于泰姬陵和阿格拉的红堡，尽管他们整体风格相近，都是印度穆斯林建筑的典范。特别是那高大而浑圆的穹顶极富魅力，装饰上的花雕石刻、装饰图案都是浓郁的印度传统风格，选材上除了波斯风格的琉璃瓦，以印度本地的白色大理石和褐红砂石为主。

有人说，黄昏时分的巴德夏希清真寺最柔美动人，当夕阳将褐色围墙映衬得红光闪闪、如痴如醉时，我仿佛感受到了神的脉搏，仿佛看到了那段血染的历史。

这一次，造就历史的是奥朗则布（Aurangzeb，1658—1707在位）。如果说，从镜宫和夏利玛花园我们得以看到一位浪漫君主沙杰汉的影子，那么巴德夏希清真寺则是排斥艺术的伊斯兰正统派奥朗则布皇帝的作品。据说，在沙杰汉统治期间，拉合尔由其长子塔鲁西统治，他曾经用洁白的大理石为自己的精神导师建造了一座美丽的陵墓。塔鲁西希望用剩下来的石料修建一条通往陵墓的圣洁大道，从而去向导师进行祈祷。不幸的是，还没筹建完，他的三弟奥朗则布就篡夺了父亲沙杰汉的皇位，并杀死了本应继承皇位的塔鲁西。后来，奥朗则布就用修陵墓剩下来的大理石修建了巴德夏希清真寺。也许是历史发展的必然结果，也许是对奥朗则布弑兄篡位的报应，这座宏伟的皇家清真寺并没有给盛极一时的莫卧儿帝国带来好运，实际上，奥朗则布时期正是帝国走向衰败的开始。他实行偏执的宗教政策，扶持穆斯林贵族势力，并加重了对农民和

巴德夏希清真寺建筑群

手工业者的盘剥，结果导致各地起义不断爆发，1707年奥朗则布去世时，莫卧儿帝国已是风雨飘摇了。在英国人统治期间，由于疏于管理和经费不足，清真寺日渐颓败，后来通过募集修缮资金的方式逐步恢复了一些生气。就这样，皇家清真寺被慢慢揭开了神秘的面纱，成了广大穆斯林的朝拜圣地，重要节庆前来祷告的人数多时可达七八万。

我们今天看到的巴德夏希清真寺正是历经尘劫后不断修复、重建的结果。高大、空旷、威严的建筑物总是容易唤起人们心中的神秘感和崇拜欲，清真寺就是坐落于拉合尔城堡大门对面的一个平缓的大土丘上，这个土丘是天然形成还是人工垫造而成就不得而知了。依山坡而建的红砂石椎型台阶通向高大的寺门，如金字塔一般壮观、巍峨。那精雕细琢的门由红色砂石和洁白如玉的大理石砌成，墙壁的铭文上刻有清真寺的创始人奥朗则布皇帝和监工的名字。仰头望去，穹顶上绘满了细密风格的花草，很是浪漫。

脱了鞋，就算正式进入清真寺。穿过那厚厚的寺门，我被眼前的景象所震撼：脚下，由一块块枣红色地毯拼起的“朝圣之路”穿过巨大的正方形礼拜广场直接通向正对于远处的礼拜大殿，殿上高高耸起的三个白色拱顶就像三朵白色蘑菇云，洁白飘逸，完全可与泰姬陵媲美；高高矗立于四周的宣礼塔高达60米，直入云霄，甚为壮观。这是我看到的最宏大的寺院了，特别是那空旷而神圣的广场，在其他国家也是不多见，令人感到自我的渺小和宗教的广博与神秘。它所辐射出的威严不仅仅是宗教上的，还有莫卧儿帝国的辉煌气息，是奥朗则布留给后人的一件艺术珍品。作为世界上规模较大的清真寺之一，巴德夏希清真寺可容纳8万人同时做祷告。可惜我们来晚了一步，祷告刚刚结束，只见工作人员正在一块一块地收回红地毯。望着那空旷的广场，不难想象，当身着白色长衫的穆斯林信徒将整个广场挤得满满的、虔诚跪拜的那一刻，是何等壮观！

巴德夏希清真寺广场，可容纳8万人礼拜

我们是穆斯林，全世界是我们的家园。
我们心中有个信仰，
抹去他的名字和标志很难。
在世界的庙宇中，
第一个便是真主的，
我们是他的卫士，
他是我们的守护神。
我们在刀光剑影中长大，
宝剑和弯月是我们的标志。
呼唤回荡在西部的山谷，
任何人也阻挡不住我们前进的脚步。
苍天！我们不会因失败而消沉，
因为
我们已经历千百次考验。

——伊克巴尔《民族之歌》

如果说寺院是宗教的一种表现形式的话，它所营造的氛围一定是有利于宗教传播的，并且能让那些不信仰它的人有一种神秘感，当我穿过广场走进礼拜大殿的时候，一切仿佛都静止了，心也跟着平静下来。仰头望去，是精雕细琢的白色大理石，墙壁上，拱顶上，描绘着细密风格的花草和《古兰经》训文，有的艳丽如初，有的已经暗淡斑驳，在一盏盏枝形吊灯的映射下透露出历史的美丽与哀愁。妙不可言的是大殿中暗含玄机的“回音壁”，只要站好位置，就可以很清楚地听到另一个人在十几米以外墙角处的窃窃私语。

就在巴德夏希清真寺的门前，长眠着南亚著名哲学诗人穆罕默德·伊克巴尔（Muhammad Iqbal），这位卓越的南亚穆斯林诗人和哲学家最早提出了巴基斯坦立国理论。站在那肃穆的大理石陵墓前，灵与肉的思考不觉盘旋于脑海，穆斯林相信，人的灵魂永存，真主之爱永存。那么，爱是超越时空的永恒吗？

爱是超越时空的永恒吗？（Tabassum Khalid　绘）

诗意行走

——从手绘彩车看巴基斯坦人的乐活精神

Poetic Walks

— *Observing Pakistani Optimism Through Colored Vehicles*

绘画也是一种表达和释放情感的方式，美轮美奂的手绘彩车寄托了他们对美好生活的向往，每一笔都是爱的释放与传递，展示着对生活的爱，对大自然的爱，对他人的爱，对主的爱。

Colors and paintings on the vehicles are some kind of expression and release of emotion, which express people's desire for a better life. Every stroke is a transfer and release of love, love of life, love of nature, love for others, and love of God.

像这样被打扮得五颜六色的车子在巴基斯坦很常见

我是你心中的过客，
前面的道路漫长，不知会把谁爱上？
唉，我是个和平的国王，
这就是国王的马车
唉，听我说
我是你心中的过客，
前面的道路漫长
嘀嘀，嘟嘟，嘀嘀，嘟嘟，
到处游荡多快乐
伟大的世界都走过，可如今还是孤零零一个
唉，满载着大伙的重担，
赶着我的大篷车
唉，听我说，
我是你心中的过客
前面的道路漫长哟
嘀嘀，嘟嘟，嘀嘀，嘟嘟

小时候，电影《大篷车》中那花枝招展的车子是记忆深处关于南亚印巴大陆的符号。终于有一天，初来巴基斯坦街头的我不禁眼花缭乱，不是因为那些花花绿绿的户外广告和建筑装饰，而是一辆辆疾驰而过，被描绘得五颜六色的彩车令人目不暇接！除了小轿车外，几乎所有的交通工具都被描绘得五颜六色，并伴以铃铛等装饰物。它们穿梭于大街小巷，宛若流动的画廊，唱着欢乐的歌，向人们展示着丰富多彩的文化内涵。

丘比特之箭击中了谁？

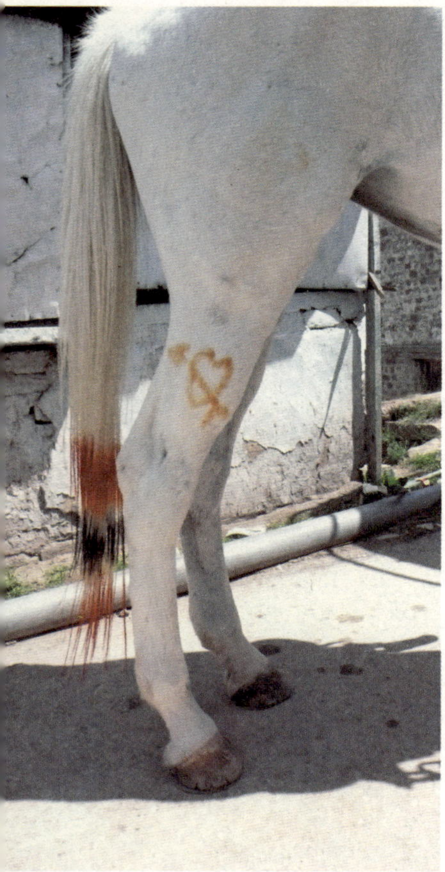

因此，在巴基斯坦逛街，是一种独特的享受，除了传统的市井人文以外，手绘彩车所带来的视觉冲击加深了这个南亚国家的文化凝聚力。与我们日常生活中所见的那些浓妆艳抹的巴士不同，这是纯粹的民间艺术传统，没有任何商业广告的痕迹。

关于手绘彩车的由来，比较常见的说法是吸引乘客关注并祈求神的保佑。古时候，这里的交通工具主要是马、骆驼、毛驴等牲畜，商旅队经常穿梭于自然条件恶劣的山区和荒漠，商人们为了安全和识别货物方便就用明亮的颜色来装饰运货的牲畜，同时也能够吸引更多客户的关注，招揽生意并乞求神的保护，这样的习俗渐渐形成一种民间传统世代流传下来，当现代汽车取代骆驼队以后，巴基斯坦人又把他们对艺术的爱好转移到现代交通工具上，并将其发扬光大。至今山区里仍然可见被打扮得漂漂亮亮的马。我就在穆里山看到一匹超可爱的“白马王子”，它的腿被丘比特的爱箭“击中”了，尾巴也被染上渐变的颜色，再加上头顶的红球彩带，怎不惹人怜爱？骑上它或许还真能交到好运呢！除了传统的手工绘制以外，细腻的巴基斯坦人还用一些小饰物来装饰车子，例如铃铛、鲜花、挂链、玻璃、镜子或金属亮片等，即便到了晚上，车子也同样有声有色、光彩照人。“我还以为是流星落下来了！”一位日本游客向我兴冲冲地讲起他的经历，“天已经黑了，不远处有个闪闪发亮的东西似乎从天而降，那些亮点就像星星一样，忽明忽暗……”其实，就是这些画龙点睛的细节淋漓尽致地折射出巴基斯坦人与生俱来的爱心与细心。

这是我在离伊斯兰堡不远的暮里山看到的“白马王子”，据说这样打扮牲畜的传统可追溯至中世纪

是的，驰骋在这古老的南亚大陆上，每当看巴基斯坦人那忧郁的眼神，我的心情就难以平静。历史上殖民者的压迫掠夺、复杂多变的政治形势、宗教冲突和不稳定的季风气候，仿若挥之不去的阴影笼罩在他们身上。哲学诗人伊克巴尔在《致旁遮普农民》的诗中表达了对劳动者们的深切同情：

今天真开心

你的生存是什么呢？告诉我它的秘密。
尘土里翻腾的是你古老的历史！
深深的沙尘里，你的火焰已被熄灭。
醒来吧！听听黎明召集他们的宣告。
尘土里的生命，或许从大地得到食粮，
而阴影中，生命的源泉并未得到滋养；
大地并未留下他们的印记，
他们也没有试一试内心深处的才智！

——伊克巴尔《致旁遮普农民》

What is this life of yours, tell me its mystery-
Trampled in dust is your ages-old history!
Deep in that dust has been smothered your flame-
Wake, and hear dawn its high summons proclaim!
Creatures of dust from the soil may draw bread:
Not in that darkness is Life's river fed!
Base will his metal be held, who on earth
Puts not to trial his innermost worth!

—To the Punjab Peasant by Iqbal
Translated by V.G. Kiernan

尽管生活条件较为艰难，巴基斯坦劳动者们保持着一种积极向上的“乐活”精神，他们把那与生俱来的爱心发扬光大，细心点缀着日常生活的每个角落，把爱心巧妙应用到生活的每个细节里，在苦涩乏味的周而复始中品味着那一点点质朴的快乐与温馨。绘画也是一种表达和释放情感的方式，美轮美奂的手绘彩车寄托了他们对美好生活的向往，每一笔描绘都是爱的释放与传递，展示着对生活的爱，对大自然的爱，对他人的爱，对主的爱。彩车图案的主题多为几何图形和花草动物，颜色以明亮的红、黄、绿和蓝色为主，也许是出于伊斯兰教对偶像崇拜的忌讳，人物肖像并不多见。活灵活现的孔雀、蝴蝶，威猛的老虎和狮子以及艳丽的波斯菊都是常见的题材。从画风上看，具有明显的莫卧儿细密画风格，即受蒙古和波斯彩色绘画的影响，注重线条的修饰和勾勒，对称完好，传统的玫瑰色、褐黄色和土绿色被鲜艳的红黄和青绿取代，具有写实的意境。值得一提的是，也许是受到莫卧儿时期艺术风格的影响，想象力丰富的巴基斯坦艺术家们将书法与绘画进行完美的融合，巧妙借用字体形态创造出各种逼真的图案，并绘以颜色，令字与画相映成趣。这些字一般是来自《古兰经》的名言或吉祥话，例如“主给我们食物”，“主伴随着有耐心的人们”，“主会保佑我的”等等。确实，对于跑长途运输的大型客货车而言，主的保佑至关重要。地形复杂、路况不佳再加上公共交通不发达造成超载的情况比较多，即便是小面包车里挤满了人也是常有的事，有的乘客甚至不得不将身子半探于车外，那自在飘逸的样子仿佛在说“没事儿，主会保佑我的！”可见，“乐活”首先是一种激发自我的态度，然后再去感染他人。

在巴基斯坦，绘车不仅是一门艺术还是一种职业。稳定的市场需求造就了彩车画师这一传统职业。在从伊斯兰堡到塔克西拉的路上，我目睹了一位正在大货车上创作的画师。他告诉我，画这样一辆大货车要6万卢比，如果是请业内高手作画，还要贵一些，画的内容是和车主商量的。尽管价格不菲，车主们还是乐此不疲，不惜一遍又一遍地打扮自己的爱车。“当然车子越漂亮生意越好，谁愿意把货物交给那些破旧的车来运输呢？客运也一样啊。”车主告诉我。看来，在巴基斯坦，车的档次不完全由品牌决定，还有外面这套行头。

“你好！”车窗外，一位皮肤黝黑的巴基斯坦人笑眯眯地冲我举起了大拇指，很快车子就走远了，和其他急驰而过、被描绘得五颜六色的彩车一样，承载着对未来的憧憬和祝福扬长而去，又接踵而来，宛若行走的画廊，生生不息的是细腻而大气的民间艺术传统，是积极乐观的生活态度。

这辆停放在伊斯兰堡民俗博物馆外的大彩车，静静地伫立在阳光下，虽然不再奔跑，已成为巴基斯坦民间文化的象征（艾阳　摄）

通过这串精心点缀的小铃铛，我们仿佛听到了小鸟的欢歌

Silent the starry caravan moves
Onward, no bell tinkling its flight
Silent the hills and streams and groves
All nature lost in contemplation
Oh, heart, you too be silent
Keep your grief hugged close, and sleep

—One Night by Iqbal
Translated by V.G. Kiernan

耀眼的车队停了下来
铃铛不再欢笑
山岗、小溪和树林
皆沉寂于冥冥自然
心亦随之安宁
就这样，静静地
带着悲伤入睡

——伊克巴尔《某个晚上》(节选)

谁解其中味？

——感受性情巴餐的五味斑斓

Only the Taste Bud May Know

— *Fell in Love with Colorful Pakistani Cuisine*

巴基斯坦的辣是缓慢释放的微辣，辣中带酸，那是热情豪爽中的羞涩矜持，一步步沁人心脾，余味绵长。巴基斯坦的甜是温柔细腻的甜，充满想象力和感染力，一直甜到你的梦里。

Pakistani spices release your taste bud, warm and generous with sour, gladdening your heart and refreshing your mind with lingering aftertaste. Pakistani sweets are tender and delicate, full of imagination and allurements.

这些五颜六色的香料曾是欧洲人梦寐以求的

古语说得好：食色性也。一个国家的饮食文化往往反映出当地人的性格特点。巴基斯坦人热情和浪漫的性格特点反映到味觉上就是辣与甜。巴基斯坦的辣是缓慢释放的微辣，辣中带酸，那是热情豪爽中的羞涩矜持，一步步沁人心脾，余味绵长。巴基斯坦的甜是温柔细腻的甜，充满诱惑的想象力，一直甜到你的梦里。这里的烹饪大师们仿佛是味觉艺术家，他们就像画家一样充分运用手中调料进行创作，所以，品尝巴餐最好拥有艺术家的幻想与敏感，否则便辜负了那精心调制的层层美味。

由于历史的缘故，很多人习惯将印度菜和巴基斯坦菜混为一谈，确实两者有很多相似之处。16世纪初，来自中亚的穆斯林莫卧儿人来到印度大陆时，深受当地悠久烹饪传统的影响，渐渐远离了那些半生不熟的烤肉，在充分吸收古代印度烹饪技法的基础上，创造出了“莫卧儿烹饪”。最典型的做法就是先用印度的各类传统香料腌制肉食，再以穆斯林的传统手法进行烧烤。至今我们还能从很多巴基斯坦和印度菜肴中发现“莫卧儿烹饪”的影子。经历几百年穆斯林与印度本土的文化融合后，印巴的烹饪方法已大体相同了。例如用料都是非常细致讲究，咖喱、肉桂、小茴香、豆蔻、辣椒、胡椒、胡芫、姜黄等，这些历史上曾经被欧洲人梦寐以求的香料一直是南亚味觉大师们的创作源泉，多年以来，他们正是恰到好处地运用了这些调料，创造出一道道美味佳肴，一件件耐人寻味的味觉艺术品。其中，咖喱是最为广泛使用的调料，在南亚，一直就有“无菜不咖喱”的说法。同时，这些灵感大师们也继承了来自波斯的健康饮食理念，从医学、哲学以及文化三个角度来看待自己的饮食。他们视饮食为恢复体能的主要因素，具有完善或者削弱人格之功效，认为大量食用红肉和脂肪会导致心生邪念，使人变得自私贪婪，而包括水果、蔬菜、鱼肉和禽肉并佐以香料的健康饮食则使人变得温和高贵。例如，

莫卧儿细密画

原产于巴基斯坦北部山区的野石榴具有很强的抗氧化能力并含有丰富的钾，有助于预防动脉中的血小板升高；罗勒叶是有多种医疗保健效果的调味料，含有充足的钙和铁，有利于食物的消化吸收，被广泛应用于各种菜肴。

就烹饪技法而言，巴基斯坦菜和印度菜一样都擅长熬、炖、烤、炸等工艺，主料都要用十几种香料长时间腌制，做一道菜短的需要2~3个小时，时间长的则要用上8~10个小时以上。不过，细心品味，我们还是能发现两者的区别：受到来自中亚的莫卧儿人和邻近的波斯文化的影响，巴基斯坦菜较印度菜体现出更多的中亚穆斯林特征。首先，在肉类的选择上巴基斯坦人喜欢牛羊肉和鸡肉，禁食猪肉，而崇信佛教和印度教的印度人，喜素食而不爱吃肉，特别是对牛肉更加忌讳，所以印度人在食材的选择上比较单一，通常是鸡肉、海鲜和各类蔬菜、水果，因此巴餐中的肉菜相对更加丰富一些，并且继承了千百年来风行于中亚穆斯林的

炸食在巴基斯坦很受欢迎，这位大叔正在炸的面食使我联想起北京常见的早点——油饼

烤肉——Kebab，一种类似于新疆烤羊肉串的美食。另外，受地理气候和民族习俗的影响，面食在巴基斯坦北部很受欢迎，印度人则更爱吃米饭。

漫步在巴基斯坦街头，各种各样的小吃可谓五花八门，最常见是油炸食品。据说，巴基斯坦人对炸食乐此不疲，以至于食用油常常供不应求，甚至需要进口。“伯利塔”是一种在面粉中加盐和酥油，再用酥油煎成的油饼。“波利”则是类似于薄脆的油炸薄饼，和“伯利塔”一样既可作为小吃又是常见的早点。还有一种以土豆和肉末为馅的油炸三角，是常见的茶点。或许是受到英国人的影响，炸鱼在某些地区也很常见。

在主食的选择上，最常见的是一种叫做“恰巴蒂”的粗面烙饼，有点像是穆斯林的传统主食一馕，通常的做法是将面团放一放，再擀成薄饼状，放到平底锅烙熟。游牧的俾路支人则将圆石头放在烤羊肉的火堆里，利用石头的热量将饼烤熟。在西北部山区一带，“恰巴蒂”是最普通的一种面食也是神圣的食品，因为在伊斯兰教里“馕是真主恩赐之物”，不应忘记真主的恩惠，所以按照传统习俗，当有人要离家远行的时候，要咬下一小块馕带在身上，直到回来再吃下它。另外，按照当地习俗，馕是只用手掰着吃而不用刀切。

烤馕

米饭自古以来就是南亚人民的当家主食，运用各式香料来刺激味蕾的Biryani，是一种型似炒饭，配以羊肉、鸡肉、海鲜或蔬菜等烹炒，再佐以咖喱汁和番茄、黄瓜或腌菜一起食用的传统美食，带有明显的波斯、中亚地区手抓饭的特征。在巴基斯坦，Biryani既是家常菜，又是节日里的一道大餐。没有一场婚礼、晚宴和亲朋聚会少得了它。基本配料由米饭，肉、胡萝卜、洋葱、油，以及按照古老配方在特别器皿中制出的香料。最常见的鸡肉炒饭的制作方法是：大米洗净在清水中泡两个小时后

在北京的莫卧尔餐厅（Mughal Restaurant），可以品尝到正宗的巴基斯坦美食

捞出，在饭锅中加入适量水，煮沸后把米投入焖15分钟左右后备用，再准备另外一个平底锅，烧热后加一勺植物油，再把米饭放入焖3—5分钟，将适量黄油或牛油用热水化开，均匀浇在米饭上待用；油锅烧热后放入切好的洋葱末炒至金黄色，加入蒜酱、姜酱、小茴香、姜黄粉和西红柿炒成糊状，再放入鸡腿肉、辣椒粉、尖椒、胡荽粉和酸奶，搅拌均匀，用文火炖约15分钟。将炖好的鸡肉和煮成半熟的米饭分层放在大铁锅里，最外面是米饭，将食用柠檬黄倒入牛奶里搅拌匀，与事先调制好的肉汁撒在米饭上，就可以食用了！饭的口味不同体现在放入不同的肉料、蔬菜和调料等，这样的搭配简直就是一门艺术，据说能搭配出上百种花样来！

当然，品尝一个国家的特色菜肴，并不只在满足口舌之欲，更多的时候是在了解她的文化习俗和生活方式。巴餐在菜式搭配和就餐礼仪上，也已日趋国际化，但仍有一些细节需要注意，否则有可能在餐桌上贻笑大方。由于以面饼为主食，巴基斯坦人和许多中东穆斯林一样，为了适应以手进食的习惯，均用盘子而不用碗。进餐时，用手撕一块面饼，蘸上菜汤，夹一点土豆或肉，再送入口中。食毕还要舔一舔手指，因为这是先知穆罕默德的“圣行”。

欣赏原汁原味的美食当然离不开孕育它的那方水土。在特定的环境下享受巴基斯坦美味，会带来包括视觉、嗅觉、听觉、触觉、味觉在内的全方位感受。在巴基斯坦，文化主题餐厅就像能吃的博物馆一样，让顾客在用餐的同时轻松、自然地去感受文化，去欣赏艺术，去体验生活。“乡村（Village）”是巴基斯坦非常著名的文化主题连锁餐厅，意为原汁原味的“农家菜”，各大城市均有分店。卡拉奇的“乡村（Village）”就在海边不远处，一个能将落日余晖收进盘子里的地方，不免令人联想到这个繁华都市的前世——其实就是一个名不见经传的海畔渔村。第一次到达“乡村”的时候，已是黄昏，霓虹闪耀，车水马龙，未闻其味，先闻其声——民间艺人已经开始弹唱传统的乡村音乐了。环顾四周，就像做客于南亚的某个农家院，桌布、挂毯、餐具等都是原汁原味的印巴风格。取餐的地方也装饰得古朴宜人，土灶、大铁锅、小陶碗以及刻着精致花纹的仿古餐具都散发着南亚乡村的质朴风情，各式精美菜肴也只有在这样充满乡土气息的环境下才别有一番滋味。前方拐角处，摆满了由圆形小碟子盛放的各式调味香料，五颜六色组合在一起就像一件艺术品，又像是画家手中的调色盘，花花绿绿令人眼花缭乱。我虽然看不懂碟子上面的乌尔都语标签，可以想象，有咖喱、肉桂、丁香、豆蔻、胡椒、胡�姜黄、番红花……历史上，它们既是欧洲贵族门的宠儿，也是文人雅客们的灵感之源。据说在宋朝时期，海外贸易的繁荣使这些原产于南亚、东南亚的名贵香料大量涌入中国，例如豆蔻类，虽然这神奇的热带植物很早就被引入中国岭南一带栽培，谁又说得清，那些文人墨客所咏叹的豆蔻，是国产还是进口的？无论如何，从历史上看，我们似乎更注重其药效而非调味。宋人王衮在《博济方》里专门记载了豆蔻汤的功效。著名词人吴文英曾赋诗一首感叹此汤之妙：

蛮姜豆蔻相思味。算却在，春风舌底。

江清爱与消残醉，憔悴文园病起。

——吴文英《杏花天·咏汤》

晚年的李清照也是通过煎煮连枝豆蔻来调养身体：

病起萧萧两鬓华，卧看残月上窗纱。

豆蔻连梢煎熟水，莫分茶。

枕上诗书闲处好，门前风景雨来佳。

终日向人多酝藉，木犀花。

——李清照《摊破浣溪沙》

看来这豆蔻汤颇为有效，服了它，超凡脱俗却又卧病不起的婉约派词人李清照也能看看书，排遣一下心中的郁闷了。不过，这扶风弱柳般的伤感还是令我无法与眼前热闹欢快的景象联系到一起。我要了一杯鲜榨椰子汁，靠窗坐了下来。窗外就是一片开阔的海滩，远远望去，有几只高大的骆驼正在夕阳西下的粉色光晕里慢悠悠地踱着步子，淡定自如的神态令人心旷神怡。就这样静静地望着，望着，再啜上一口清爽无比的椰子汁，即便不吃什么心里似乎已经满足。

一阵海风吹过，夹杂着淡淡的咸味，令人百感交集的味道，似乎已经融入身旁这些精致的菜品中了。细细品味，不难发现，“乡村”美食虽多，大体可分为如下几类：汤，肉菜，素菜，特色小吃、甜食，主食和水果。穆里嘎汤（Mulligatawny Soup）是巴基斯坦的一大名汤，由多种香料调制而成，清淡的鹅黄色，微微的酸辣口味，香浓而不腻，另外还有传统的鸡汤。说到鸡，那可是巴基斯坦人的餐桌必备，“无法想象吃饭时没有鸡肉”，一位厨师告诉我。果然，顺着他的指引，我发现了很多鸡肉美味：烤鸡肉卷（Chicken Seekh Kebab），燕麦鸡肉羹（Chicken Hareesa），咖喱鸡（Indian Chicken Curry），炖鸡肉煲（Chicken Handi），鸡肉炒饭（Chicken Fried Rice）等等。烤鸡肉卷看上去有点像香肠，是用鸡肉馅和各种调味料和好后穿在特制的铁钩上烤成的，外焦里嫩，微辣中透着鸡肉的香嫩。作为传统穆斯林，巴基斯坦人对肉有严格的挑选。烤串的肉都是新宰过的很瘦的羊肉或鸡肉，还要很仔细地剔掉约20%的肥肉和筋骨，可谓精华中的精华，然后再放入十几种调料，烤的时候一般就不再放其他辅料了，吃时可以清楚地看到肉面呈焦黄色，并有点点淡绿色的碎叶，口感外焦里嫩，有薄荷叶和蒜的香味，毫无油腻之感，还有一股酸甜的味道，据说是肉串在特制的酸奶中腌过的效果，这一缘于古代波斯的健康理念不仅促进食欲还有助于消化。

甜食也深受巴基斯坦人的喜爱，各类由牛奶、果仁、薄荷、蜜糖等制成的小点心也是兼具穆斯林与南亚本土的双重特点。快要离开“乡村”的时候，我忍不住尝了一个像蜜枣一样的加陷小圆果子，酷甜得快要令人承受不起了，不由想起“比蜜甜”的中巴传统友谊。民间小乐队深情演奏着悠扬的曲子，不知在唱些什么，夹杂着依依惜别的伤感……

原来，世间最浓的滋味，不在嘴里，只在心里。

在巴基斯坦，餐桌也被描绘得有声有色

巴基斯坦薄饼（Chapati）

原料：
荞麦面500克，
杏仁粉和阿月浑子粉各1汤勺，
小扁豆泥1茶杯，植物油半茶杯，
盐和糖适量

制法：
将杏仁粉、阿月浑子粉和小扁豆泥放入荞麦面，
加少许水、盐、糖和一汤勺植物油，
和成较硬的面团，
包在湿布里放15分钟。
揪一小块面团碾成圆饼状，
平底煎锅倒少许植物油，
烧热，
将面饼烙熟即可。

卡拉堪甜点（Kalakand）

原料：

浓缩牛奶400克，奶酪500克，奶粉4汤勺，
橄榄油2汤勺，小豆蔻籽1茶勺，
糖适量，杏仁渣少许

制法：

用叉子将奶酪挤碎后和奶粉、糖一起混匀，
慢慢倒入浓缩牛奶，
搅拌成糊状。
锅内放入1汤勺橄榄油和调好的奶糊，将其搅匀，
放一些小豆蔻籽，
以中火加热8–10分钟，
边加热边搅拌，
然后将其倒进刷好橄榄油的大盘子上，
撒上杏仁渣，冷却后切块即可。

塔克西拉：因为懂得，所以慈悲

Taxila: Understanding is Benevolent

我想，佛教艺术的本质首先是美，在这个世界上，凡被称作艺术的东西，其形态一定是美的，而真正的艺术之美是超越地域、文化、时间乃至宗教的一种永恒，不会因历史的沉积和意识形态的差异而褪色。

So I think the essence of Gandhara Art is the eternal beauty, which can be found in all kinds of art form in the world. The real beauty of art transcends the difference between culture, space, time, and religion and will not fade from historical deposition.

呾叉始罗国，周二千余里。国大都城，周十余里。酋豪力竞，王族绝嗣。往者役属迦毕试国，近又附庸迦湿弥罗国。地称沃壤，稼穑殷盛。泉流多，花果茂。气序和畅，风俗轻勇。崇敬三宝。伽蓝虽多；荒芜已甚。僧徒寡少，并学大乘。

这就是玄奘在《大唐西域记》第三卷里对塔克西拉（呾叉始罗国）的记载。唐三藏法师玄奘于8世纪中叶前往古印度取经求学，途经138个国家，呾叉始罗国，即今天的塔克西拉古城，就是其中之一，那里自然条件良好，物产丰盛，国民性情温和，笃信宗教，这与当时北印度流行大乘佛教的情况是吻合的。塔克西拉古城遗址就在现在的巴基斯坦首都伊斯兰堡西北约32公里的印度河东岸。人们关注它，源于这座东方古城的"欧洲血统"，可以说，它是世界上颇为罕见的东西方文化相互碰撞的历史见证。从公元前3世纪到公元5世纪的八百多年里，古老的希腊文明、印度文明和波斯文明在此相逢、相识、相融，碰撞出美轮美奂的艺术火花——希腊式佛教艺术，即大名鼎鼎的犍陀罗艺术。

就在这寂静的山林中，沉睡着一座三千年历史的古城，在这里，东西方文明相互碰撞、开花、结果

犍陀罗佛像艺术

希腊、佛教、巴基斯坦……历史是如何将这些不同元素揉合到一起的？它为何耗去了英国考古学家约翰·马歇尔爵士（Sir John Hubert Marshall）一生中最美好的22年光阴？在从伊斯兰堡开往塔克西拉遗址的车上，我和许多第一次拜访它的游客一样，心中充满悬疑的期待。

车窗外，是一派热闹繁华的景象，午后和煦的春光里，一辆辆充满巴基斯坦地域风格的手绘彩车来来往往，花花绿绿的样子，与伊斯兰堡郊外的春色相映成趣，依然是"气序和畅，风俗轻勇"。我手捧鲜花，心怀憧憬，脑海中不断浮现着这个历史上因地处三条重要商道交叉点而繁盛起来的佛国故地的兴衰……

塔克西拉原称塔克哈西拉，梵文意为"石雕之城"，曾是古印度小国犍陀罗都城，据印度史诗《罗摩衍那》记载，该城由罗摩（毗湿奴神的化身）的弟弟婆罗多建立，以婆罗多之子，第一代统治者的名字塔克沙（Taksa）命名，称塔克沙西拉。地处古代三大商路汇合点的优越地理位置使它很快发展成为商业重镇，文化也因此大兴。

关于这三条古商路，英国考古学家约翰·马歇尔在他的专著中是这样描述的：

第一条商路来自印度斯坦和东印度，就是后来麦加斯梯尼（Megathenes）所描述的“皇家大道”，起点是华氏城，即当时孔雀王朝的首府，通到孔雀王朝的西北区域。另一条来自西亚，穿过巴克特拉，迦毕逝和布色罗伐底，在奥欣德越过印度河，到达塔克西拉。第三条是从克什米尔和中亚来的，经过斯利那加山谷和巴拉穆拉，到曼塞赫拉，然后顺着赫里布尔山谷下来。印度与中亚、西亚之间的交通，主要就是通过这三条商道实现的。这三条道路在塔克西拉历史上扮演了极为重要的角色。塔克西拉最初出现，主要就是因为这三条道路，后来也是因此繁荣、强大起来的。[①]

塔克西拉博物馆正门

据说，公元前7世纪，塔克西拉已出现世界上最早的大学。公元前6世纪后成为波斯帝国的一部分，公元前6世纪，希腊的亚历山大大帝挥师东征至此，建立了政权并带来希腊艺术思想，但是这块风水宝地不久又被古印度的孔雀王朝所控制，因阿育王信奉佛教，塔克西拉逐步发展为香火鼎盛的佛教圣地和学者云集的哲学、艺术研究中心。公元前2世纪，巴克特里亚希腊人征服了包括塔克西拉在内的犍陀罗地区，欧洲文明的影响一直延续至公

① 《塔克西拉》，约翰·马歇尔（Sir John Hubert Marshall）著，秦立彦译，云南人民出版社。

塔克西拉出土的犍陀罗佛教艺术精品

元2世纪时，直到印度贵霜王朝重新控制塔克西拉。由于贵霜王朝诸王信佛，大兴佛教，由此直至公元5世纪，塔克西拉成了佛教重镇。据《大唐西域记》卷第十二记载，当时的印度有四大佛家，即“东有马鸣，南有提婆，西有龙猛，北有童受，号为四日照世。”四大家“或通宗乎众典，或别释于一经，既分照乎四方，乃俱破于群翳。”其中，北方的童受就来自塔克西拉。作为经部的开山祖师和“日出论”的代表，童受的佛学观点对于佛教理论的发展有着颇为重要的推进作用，他认为正在刹那间变化的万事万物是实有的，人们的行动都是受到了心的指挥，由此才产生了各种行为。塔克西拉地区在整个佛教发展史上的地位可见一斑。

这段辉煌的时期大概持续到公元5世纪中期，性情暴虐的中亚游牧民族白匈奴迁徙扩张至塔克西拉，他们认为佛教是异教，大肆破坏寺庙和雕塑，这片盛极一时的佛教圣地由此衰落，并逐渐荒废。不过，渴求真理的脚步并未停止，晋代高僧法显曾于公元405年到达塔克西拉，生活了几年。玄奘也于200多年后的公元7世纪造访该城，可惜已是“荒芜已甚”了。公元520年造访于此的宋云和尚描述了遭到白匈奴人破坏后的塔克西拉：

至正光元年四月中旬入乾陀罗国，土地亦与乌场国相似，本名业

波罗国，为磺哒所灭，遂立勅懃为王，治国以来，已经二世。立性凶暴，多行杀戮；不信佛法，好祀鬼神。

也许，这是见之于史的关于塔克西拉的最后记载了，一颗曾经璀璨无比的明珠就这样渐渐消失于历史的长河中，直到1863年，当时的印度人甘宁汉首先开始对其进行发掘研究，并查明了古城遗址。不过，真正让它浮华再现的是英国考古专家约翰·马歇尔爵士（Sir John Hubert Marshall），从1913年至1934年他对塔克西拉遗址进行了长达22年的发掘工作，将其一生中最好的年华都献给了这座古城。

这份执著既令人钦佩也令人好奇。难道又是历史的巧合吗？一位西方人如此痴迷一座沉没已久的东方古城？不知不觉，车子缓缓开入了塔克西拉博物馆。一个小时的路途就像一条朝圣之路，尽管我并不是严格意义上的佛教信徒，无论走进哪座寺庙圣殿，都会虔诚地祈祷。我相信，在真正的宗教艺术面前，任何世俗之心都会有所感悟，有所震撼，哪怕只是片刻的安宁。

于是，心中肃穆起来。

在这座马歇尔爵士倡议修建的希腊式庭园建筑里，弯弯曲曲的小路旁是绿油油的柏树、橘树和香檀，精心修剪过的花丛中玫瑰和金盏花迎风婀娜，静谧中依稀听见喷泉的声音和轻快的鸟叫，仿佛诉说着马歇尔在《塔克西拉》[①]中那段兴奋不已的回忆：

我第一次到塔克西拉去，已经是40多年前的事了。我仍记得，在看到那些被埋葬的城市时，我是如何兴奋。当时我还是个年轻人，刚

① 约翰·马歇尔Sir John Hubert Marshall著，秦立彦译，云南人民出版社。

刚在希腊进行过考古挖掘，内心对一切希腊风格的东西都充满了激情。而在旁遮普的这个偏远的一角，我似乎突然之间看到了希腊。显然，我之所以会出现这样的幻觉，很大程度上是因为塔克西拉跟希腊的历史渊源。亚历山大大帝在跟波斯交战之前，就是在塔克西拉休整自己的军队的。此后的希腊国王在这里统治了一百多年，留下了持久的希腊文化的遗产。但还不只这些。我当时觉得（而且此后也一直这样觉得），那乡间风光本身——石坡上的野橄榄树丛，穆里山底下覆盖着松树的遥远小山，以及从印度河对岸的雪地吹来的宜人的凉风——这些似乎都像希腊的土地一样，吸引着我。难怪我是这样急于在这样一个诱人的地方开始工作，并急于用鹤嘴锄和铲子来揭示它保守着的古代秘密。有些困难情况，是我当时还没有意识到的。

历史的秘密就这样被慢慢揭开了，城堡、宫室、寺庙、佛塔、陶瓷器皿，青黄铜器、珠宝、印度——希腊钱币、安息和早期贵霜统治者遗骨、佛像以及镌有佉卢文祀奉文字的银册等文物，又重见天日，仿若某种轮回——

世界上有多少晶莹皎洁的珠宝
埋在幽暗而深不可测的海底；
世界上多少花吐艳而无人知晓，
把芳香白白地散发给荒凉的空气。

——托马斯·格雷《墓园之歌》

Full many a gem of purest ray serene
The dark unfathomed caves of ocean bear;
Full many a flower is born to blush unseen,
And waste its sweetness on the desert air.

—In a Country Churchyard by Thomas Gray

走进博物馆的大门就可以看到一尊陶土做的佛塔，紧靠四壁的大玻璃柜里静静地陈列着各种佛像、雕像和文物。我静静伫立在那高大的玻璃柜子前，注视着每一尊鼻梁高耸、发缕卷曲、眼窝深陷的“欧式”佛像，想象着在历史的风云变幻中，希腊艺术与佛教两种截然不同、相去甚远的意识形态是如何交相辉映、相映成趣，共同塑造出犍陀罗艺术的“混血”之美？

在我们中国人的潜意识里，佛应该是慈眉善目、轮廓圆润的东方人。当看到他们袒胸露腹、手持橄榄枝并具有阿波罗式的雄健体魄时，我们是否对心中的那份神圣产生某种质疑呢？难道这只是历史的巧合吗？无论如何，正是这一独特的艺术风格令塔克西拉名扬天下，令犍陀罗艺术名声大噪。我们要感谢那位能征善战的亚历山大大帝，最早将西方文化带到这片东方沃土。特别是从公元前1世纪到公元1世纪中期，在希腊人的统治下，塔克西拉越来越受到西方的影响，正是在这一时期，那些在此定居并传承了古希腊雕刻艺术的能工巧匠们按照自己的理解塑造出一尊尊精美的佛像，建起一幢幢神圣的殿堂。同时，由于塔克西拉与伊朗及西亚的交往更为密切，当地人也吸收了从这一地区传来的文化，犍陀罗艺术日臻成熟。是金子总会发光的，因此，从犍陀罗艺术破土而出重见天日的时候就受到专家学者们的高度关注：

这些在塔克西拉出土的人物雕像具有明显的希腊雕塑艺术风格

在一开始，他们尽最大努力模仿他们可以使用的粗略的西方模型。但不久，我们就发现，他们开始让他们的艺术为佛教团体服务，并用无数的主题和思想来充实这一艺术。这些主题思想，不仅来源于早期印度流派的无尽宝库，还来自帕提亚人时期流入西北地区的越来越多的希腊——罗马艺术品。他们因此而创造了自己的一个主流派。这一流派不仅在本质上具有民族性——我是说，在东西文化交融的犍陀罗，这一流派本质上是犍陀罗特有的，而且是专门为佛教服务的。它注定要对佛教的未来产生极为广泛的影响。①

法国著名学者阿·福歇（A. Foucher）于20世纪初在他的专著《佛教艺术的早期阶段》中对于塔克西拉的犍陀罗佛像艺术做出了极高的评价：

它（指犍陀罗）既不是孕育孩子的父体，也不是孕育孩子的母体；它就是父体和母体。在精心表现僧人一样的神像模式的过程中，印度思想的作用不亚于希腊天才。就是这样一种情况，在此情况下，东方和西方没有对方的合作都不会有任何成就。这正是通过这个欧亚混合风格的佛像原形来颂扬人类最伟大的作品之一的大好时机……因为正是他们合作的这种造像丰富了人类历史。②

在阿·福歇看来，这样神奇的东西方文化合作的模式不仅丰富了历史，也记录了历史。因为，在佛教的传播过程中，存在与当地文化相适应的问题，佛教艺术在不同传播地和不同历史时期的形象也不尽一致。例如，我国庙宇中的佛像常有超正常比例的大长眼睛与大长耳朵，身材也不合乎自然比例，这与我们传统意识形态里形而上的唯心思想密切相

① 《塔克西拉》，约翰·马歇尔（Sir John Hubert Marshall）著，秦立彦译，云南人民出版社，130—134页。

② 《佛教艺术的早期阶段》，[法]阿·福歇（A.Foucher）著，王平先、魏文捷译，甘肃人民出版社，2008年，103页。

美即是真，真即是美

关。而我眼前的这些希腊式佛像雕塑，比例匀称、体态健美，神采奕奕，对人体生命力的完美阐释体现了十分鲜明的古希腊、罗马的雕塑艺术风格，令人产生莫名的美感。所以，我想，佛教艺术的本质首先是美，在这个世界上，凡被称作艺术的东西，其形态一定是美的，而真正的艺术之美是超越地域、文化、时间乃至宗教的一种永恒，不会因历史的沉积和意识形态的差异而褪色。

约翰·济慈（John Keats）在他的名篇《希腊古瓮颂》（Ode on a Grecian Urn）里道出了美的真谛：

哦，希腊的形状！唯美的关照！
上面缀有石雕的男人和女人，
还有林木，和践踏过的青草；
沉默的形体呵，你像是“永恒”
使人超越思想：呵，冰冷的牧歌！
等暮年使这一世代都凋落，
只有你如旧；在另外的一些忧伤中，
你会抚慰后人说：
“美即是真，真即是美，”
这就包括
你们知道，和该知道的一切。

O Attic shape! Fair attitude! With brede
Of marble men and maidens overwrought,
With forest branches and trodden weed;
Thou, silent form, dost tease us out of thought
As doth eternity: Cold Pastoral!

When Old age shall this generation waste,
Thou shalt remain, in midst of other woe
Than ours, a friend to man, to whom thou say'st,
" Beauty is truth, truth beauty," — that is all
Ye know on earth, and all ye need to know.

— *Ode on a Grecian Urn by John Keats*

是的，这才是我们所知道的一切——“美即是真，真即是美”，真才是美的真谛，是佛教艺术之美的内涵。人世沧桑变幻无常，只有美才是真实永恒的。然而美又必须依靠实际经验、通过艺术去捕捉强烈的真实感才得以永恒。所以，离开艺术去谈宗教是一件很费解的事情。黑格尔曾经说，如果没有菲迪亚斯的雕像，我们就无法想象宙斯的面目。虽然，佛教的世界观和方法论本身并不用来构建美学体系，但是在这些理论的表达过程中，却不自觉得透露出光芒四射的美学思想。犍陀罗艺术的动人之处，就在于它至真至美的境界。如果我们一开始就能感受到这些佛像的理想化和宁静之美所散发出来的无穷魅力，如果我们不将自己从长期以来的审美习惯中解脱出来，并创造新的视角，那么我们必然会被犍陀罗佛像模棱两可的艺术特征所震撼。

在平静的震撼中，我细细端详着一尊玻璃框里的佛头雕像：自然卷曲的法缕，头部浑圆，面颊饱满俊秀；细长微隆的眉骨和挺直的鼻梁在灯光照射下向眼窝投去深沉的影子；“维纳斯”式的俏丽双唇尤为逼真动人，轻轻抿起的嘴角透露出母性的端庄与慈祥；浅浅的笑容背后则是无限的智慧，那是历经世间沧桑后无言的微笑，是大彻大悟后灵感瞬间迸发出的光芒——

塔克西拉博物馆内陈列的这尊佛头雕像使我想起了传说中的释迦牟尼

菩提本无树，
明镜亦非台。
本来无一物，
何处惹尘埃？

是的，悟与觉都是刹那的发现，两千多年前的释迦牟尼就是在经历了苦修和参悟后终于在菩提树下大知大觉、大彻大悟，从而，用他对整个世界和生命的参悟便去影响世人。佛说，色即是空，所谓“空”并不是我们消极认为的一无所有，而是包含了极其深刻的内涵。山河大地，森罗万象，情与无情，都是缘生缘灭，无有自性，性空无我，即达到一种无我的境界，这也从另一角度揭示了美的实质，那是一种超越世俗之美的“大美之美”，摆脱世俗之乐的“大乐之乐”。而释迦牟尼中的“牟尼”二字，本意就是沉默，存在本身就是圆满，无需多言。佛教在世俗世界的传播，不就是借助其自身“大美之美”的境界来感悟众生吗？

我不知道，两千多年以前塑造这尊佛像的工匠是不是虔诚的佛教信徒？是否和许许多多善男信女一样祈求佛祖为他消除烦恼？不过，可以肯定的是，他一定是把发自心底的对美好生活的憧憬寄托在这尊塑像里。

因此，在真正的佛教艺术面前，你会感到世俗艺术中少有的那种震撼心灵的力量，这种力量并非完全依靠巧夺天工的手法，而是凭借心的感悟，是至真至美的境界。从这个意义上讲，佛教艺术是对世俗艺术的超越，我们需要用宗教的情怀去感受它的魅力。

因为懂得，所以慈悲。

斯尔卡普（Sirkap）遗址▶

▲焦里安（Jaulian）
寺院遗址

萃堵坡（Stupa）佛塔▶

*　　*　　*

塔克西拉的遗址范围分布很广，在南北长约3英里，东西宽约2英里的范围内，分布着许多窣堵波和寺院遗址，且每个部分都有单独的名字：舍头塔（Dharma Rajika），焦里安（Jaulian），斯尔卡普（Sirkap）等。

看来，真正的博物馆在户外，在那一望无际的旷野中。

据马歇尔的考古发掘，塔克西拉的城市，先后超过12座，但它们并不集中于同一地点。前4座城市，包括孔雀王朝所建以及之前亚历山大大帝扎营的城市都位于皮尔丘（Bhir Mound）。在公元前2世纪初，城市从皮尔丘迁到了斯尔卡普（Sirkap）。斯尔卡普的建设，是按照当时希腊流行的“棋盘式”布局设计的，跟皮尔丘那些弯曲的街巷、无规划的布局，形成了鲜明对比。后来塞人和安息人在斯尔卡普的希腊废墟上重建的城

市，也保留了这样的棋盘式布局。最后，在公元1世纪，征服这一带的贵霜人又把城市迁到了斯尔苏克（Sirsukh），按照他们自己的传统观念来设计城市的布局和防卫，跟希腊人有所不同。

斯尔卡普（Sirkap）遗址就在离塔克西拉博物馆不远处的一大片空旷平地里，远远望去，旧城垣的残留墙基呈棋盘状纵横排列，其间错落有致地分布着佛塔、庙宇和住宅的石头地基遗址。历史的风雨虽然早已磨灭了古城的风采，但那历史上的繁华所沉淀下的神韵却依然熠熠生辉。笔直的宽达10米的主干路、街巷中纵横的排水沟、城脚深深的水井仍然清晰可辨，恍惚中那些高大的城垣、精致的神庙就在眼前。而空旷的四周，除了三三两两的牛羊、牧人，就只有稀稀落落的青草在午后阳光下焦躁地舞动。在这样寂静而闷热的午后，漫步于这个希腊人精心设计的大“棋盘”里，我不觉一阵眩晕，辉煌的文明与荒凉的现实交织成亦真亦幻的画面，在残垣断壁中慢慢浮现……

斯尔卡普是希腊人按照棋盘式格局建造的城邦，至今仍然不难想象那整齐的街巷和繁华的市井

焦里安（Jaulian）寺院遗址内的
佛像，虽历经尘劫，面目依然慈悲

前不见古人，
后不见来者。
念天地之悠悠，
独怆然而涕下。

——陈子昂《登幽州台歌》

Where are the great men of the past?
And where are those of future years?
The sky and earth forever last,
Here and now I alone shed tears

— Song on Ascending the Youzhou Terrace
by Chen Zi'ang in Chinese Tang Dynasty

不知为何，每当面对荒凉广袤的历史遗迹，我就会被一种超自然的力量所震撼。人在浩瀚的岁月长河里，是如此渺小而又微不足道。时间没有起点和终点，自我只是一粒瘦小的砂石，在太阳的灼烤中发散着微弱的能量……而眼前，这些整齐排列的石屋房基、小巷，哪些曾是玄奘当年居住和造访过的呢？据说，玄奘在此讲经的时候，曾遇到一伙劫匪，他们抢去了金银财宝后，逃之夭夭。大家都很郁闷，唯有玄奘神态安详，就像什么都没发生一样。他微笑着说：

人生最珍贵的是生命，既然生命还在，还有什么可以担忧的呢？

"The most valuable thing is life. Since we are still alive, what can we worry about?"Xuan Zang said.

聆听着自己的脚步声和时间的分分秒秒，我终于平静而解脱。这也许就是旅行的意义，感受自我，感受生命的真谛。

不远处，走来一位身着灰色长衫，皮肤棕红的白胡子大叔，气喘吁吁的样子透露出经过漫长等待后终于发现远方来客的兴奋与喜悦。他质朴地向我招手，嘴里嘟囔着令人听不明白的英语，略显焦急的神情反映出巴基斯坦人的急性子。我跟着他来到街区左侧的一座院落内。这是一座具有明显东西方混合风格的石雕建筑，台阶两旁的石坛上各有三个佛龛，佛龛的两旁是典型的希腊式壁柱，中间有一个印度式拱顶石门，大叔指着上面的鸟型图腾向我微笑。原来，这就是著名的双头鹰神庙。双头鹰是一种传说中的勇猛飞禽，被广泛装饰于古希腊、罗马的建筑雕塑，是典型的西方文明标志，在德国人和俄国人的武器上经常可以看到。看来，在公元前1世纪帕提亚时期修建的这座庙宇，是古印度与古希腊装饰艺术相结合的典范，也是东西方文化艺术碰撞的有力见证。怪不得白胡子大叔如此兴奋。临别时，他还向我做出一个简单的类似于佛教徒祷告的手势，是在传递某种美好的祝福吧！巴基斯坦是个虔诚的穆斯林国家，像塔克西拉这样庞大的佛教遗址被保存得如此细致完好多少有些出乎我的意料。穆斯林相信，世上只有一个真主，而不同文化、信仰的人们和谐相处不也是佛家倡导的“世界大同”吗？

这位白胡子大叔是一位热情的向导，他的深邃的眼睛里似乎藏着讲不完的故事

情系喀喇昆仑

Karakoram Highway —A Road of Miracle

一千多年前，诗人李白曾扼腕长叹“蜀道难，难于上青天！”如果他目睹了喀喇昆仑公路的状况，又将作何感慨呢？虽然，两者的自然环境和气候条件不尽相同，“难”都令人望而生畏，我们不妨通过这豪迈诗篇的字里行间去想象那条比蜀道更高、更难的险路。

More than one thousand years ago, the famous Chinese poet Li Bai once wrote “The way to Shu is more difficult than ascending the blue sky!” What would he say if he had seen the roughness of the Karakoram Highway? Both were difficult to build regardless of different natural environment and climate. We can well imagine The Karakoram Highway — a more difficult and dangerous road through the heroic poetry of Li Bai.

巍巍雪昆仑

在几百万年前的地壳运动中，印度板块与欧亚板块撞击出了一片蔚为壮观的自然奇迹：喜马拉雅山脉、乔戈里峰、喀喇昆仑山脉、帕米尔高原，以及数不清的冰川、峻岭和高峰。在巴基斯坦境内的西北边境地区，就矗立着五座海拔高度8000米以上世界级高峰，包括海拔8616米的世界第二高峰乔戈里峰，以及29座7500米以上的高峰，101座7000米以上的高峰。多少年来，它们是难以超越的终极完美的化身，吸引了无数朝圣者的灵魂和探险者的心，每年，都有来自世界各地的地质爱好者和登山勇士长眠于此，为了心中的那个永恒不灭的梦，为了地球之巅那朵晶莹圣洁的雪莲花。

在著名诗人哲学家伊克巴尔（Iqbal）的笔下，这些顶天立地的冰山雪岭象征着民族的骄傲与尊严，并被寄予了无限浪漫的遐思：

你是一座高山，直上云霄，
你是一堵高墙，护卫着我们的家园。
你是一首诗，穹宇是你的扉句，
为人们插上想象的翅膀。
那皑皑雪峰像白色的礼帽，
使光耀乾坤的太阳日趋暗淡。

沧桑岁月只是你生命的瞬间，
黑色云海翻腾在你的幽幽深涧。
你的峰群与漫天星斗轻语呢喃，
你矗立大地，却驰骋蓝天。
山间泉水是闪烁的镜子，
缕缕清风令你一尘不染。

诗人灵思泉涌，以对大自然的无限热爱将白雪皑皑的冰天雪地描绘得如醉如痴。然而，浪漫的遐想毕竟只是一种理想，现实却是十分冷酷、险峻。谁又能想到，就在这片大自然鬼斧神工的地球之巅，蜿蜒着一条人工铺筑的长达千里的现代化公路——被誉为世界现代第八奇迹的喀喇昆仑公路（简称KKH）。这条始建于1966年，于1978年全线建成通车的奇迹之路，原系中国交通部援外办公室（即中国路桥工程有限责任公司前身）的对外援建项目，也是世界近现代十七项代价最昂贵的建设工程之一，被称为现代世界第八大奇迹。有人称它是现代建筑史上最伟大的奇迹，更有学者感叹，这是人类自建造埃及金字塔以来完成的最复杂的工程。不过，即便有了现代化的技术手段，与开阔平坦的尼罗河平原相比，在地质条件如此复杂的险峻地带开山修路，难度可想而知！

一千多年前，诗人李白曾扼腕长叹“蜀道难，难于上青天！”，如果他目睹了喀喇昆仑公路的状况，又将作何感慨呢？虽然，两者的自然环境和气候条件不尽相同，“难”都令人望而生畏，我们不妨通过这豪迈诗篇的字里行间去想象那条比蜀道更高、更难的险路：

噫吁嚱，危乎高哉！
蜀道之难，难于上青天！
蚕丛及鱼凫，开国何茫然！
尔来四万八千岁，不与秦塞通人烟。
西当太白有鸟道，可以横绝峨嵋巅。
地崩山摧壮士死，然后天梯石栈方钩连。
上有六龙回日之高标，下有冲波逆折之回川。
黄鹤之飞尚不得过，猿猱欲度愁攀援。
青泥何盘盘，百步九折萦岩峦。
扪参历井仰胁息，以手抚膺坐长叹。
问君西游何时还？畏途巉岩不可攀。
但见悲鸟号古木，雄飞雌从绕林间。
又闻子规啼夜月，愁空山。
蜀道之难，难于上青天，使人听此凋朱颜。
连峰去天不盈尺，枯松倒挂倚绝壁。
飞湍瀑流争喧豗，砯崖转石万壑雷。
其险也若此，嗟尔远道之人，胡为乎来哉。
剑阁峥嵘而崔嵬，一夫当关，万夫莫开。
所守或匪亲，化为狼与豺。
朝避猛虎，夕避长蛇，
磨牙吮血，杀人如麻。
锦城虽云乐，不如早还家。
蜀道之难，难于上青天，侧身西望长咨嗟。

How dangerously high and steep, the way to Shu
Is more difficult than ascending the blue sky!
Can-cong and Yu-fu, it is mysteriously unknown how
They began to found their remotely ancient state.
Since then for forty-eight millennia
It had been separated from the Qin terrain.
In the west, it connected Noble White Alp with a bird's
Flight route, and joined with the topmost peak of E-mei.
The earth yawned, the mountain crumbled, the five giants died;

唐朝诗人李白
（701—762）

And then heavenward steps and rock-hewn flights of stairs are thus conjoined.
Up above there is the highest cliff for Xihe
To drive and turn his six dragons of the Sun-chariot round,
And down below there are the clashing currents of the whirling stream.
Yellow storks could not fly over that and gibbons and hapales
Would be troubled by trying to climb up over it.
The Blue Sod Alps twist and turn in winding about;
They twine round nine times to form peaks and pinnacles while whirling forth.
They pierce into the sky; on them you could touch the brilliant stars
While holding your breath and pressing a palm against your breast for heaving sighs.
Let me ask you when you would turn back from journeying westwards,
The fearful way and the sheer precipitous cliff are impassable and insurmountable.
You would only see sad birds crying on old trees;
The males followed by their females round the forests.
You would hear the cuckoos wailing at the moon, gasping out their griefs on bare mountain crests;
The way to Shu is more difficult than ascending azure sky;
The sad cries of the cuckoos would make their hearers hasten to become old.

The chain of sharp peaks and pinnacles leaves the sky not a foot;

Withered pines hang beside the precipitous crags.
Flying rapids and dashing cataracts vie in their roarings;
The clashing of water against the rocks reverberates thunderbolts in ten thousands of hollows.
Such are dangers, alas! Why do you distant travelers come hither!
The Sword Steeple toward high up over dizzy flights of steps:
Let one valiant man block the pass, and then thousand others cannot go through.
If the keeper is not an imperial kin, he might turn out to be a wolf or hyena.
At morn, beware of tigers fierce; at dust look out for gigantic serpents!
They would grind their teeth and swallow blood, and butcher people like mowing down hemp.
Although the city of officials robed in gold-threaded brocade is a city pleasurable,
It is better to forgo it for your own homes.
The way to Shu is more difficult than ascending the blue sky;
One turning to look westward could but heave long sighs.

— Difficult Is the Way to Shu — A Pindaric Ode

By Li Bai in Chinese Tang Dynasty

Translated by Sun Da Yu

梦里花开
圣洁之邦

李白不愧是一位想象力丰富的浪漫主义诗人，在《蜀道难》这首著名长诗里，他将山势的高危形容得淋漓尽致：那突兀而立的高山，挡住了太阳神的运行；山下则是冲波激浪、曲折回旋的河川，唯其水险，更见山势陡峭，连千里翱翔的黄鹤也飞它不过，轻疾敏捷的猿猴也愁于攀援，人行走就更难上加难了！紧接着又见水石激荡、山谷轰鸣的惊险场景：飞湍、瀑流、悬崖、转石，配合万壑雷鸣的声音，排山倒海之势起伏，惊险万状。特别是步履艰难、呼吸紧张、抚胸长叹等人行其上的细节，加上惶悚的神情，困危之状历历在目，行路之难的描写，简直到了登峰造极的地步。

然而，与喀喇昆仑公路建设所面临的恶劣条件相比，蜀道之难不过是小巫见大巫而已！这条“奇迹之路”全长1032公里，中国境内416公里，巴基斯坦境内616公里。全线海拔最低点为460米的塔科特，最高点为4733米的红其拉甫山口，喀喇昆仑公路沿红其拉甫河、洪扎河、吉尔吉特河和印度河蜿蜒而下，三次跨印度河，其间穿越喀喇昆仑山脉、兴

地崩山摧壮士死，然后天梯石栈方钩连

都库什山脉、帕米尔高原、喜马拉雅山四大山脉，属于地震高烈度区。喀喇昆仑山脉是地球上地质条件最复杂的山脉之一，它绵延数千公里，呈西北——东南走向，平均海拔都在6000米以上。这一地区还屹立着世界第二高峰乔戈里峰（8616米）以及100多座7000米以上的高峰和5条长度超过50公里的冰川，其中一条为全世界极地区域以外最长的冰川。酷寒下高山上的冰雪不断累积，年复一年，形成了地球上南、北极以外最大的冰川区，喀喇昆仑山脉37%以上的部分均为冰川所覆盖。在如此险峻地带开山筑路，其难度又怎能是“剑阁峥嵘而崔嵬，一夫当关，万夫莫开”之蜀道所能比拟的！

众所周知，现代公路的建设，通常以“公里”为计量单位，而在修建喀喇昆仑公路那些险要地段，是以“米”计的，即每向前推进一米都是巨大的胜利，都要付出无数辛勤的汗水和技术攻坚的努力，甚至是“地崩山摧壮士死”的生命代价。远送数千吨的水泥石料和转送伤员的任务都是由飞机完成的。据巴基斯坦方面统计，从1968年至1978年公路修建期间，共跨越99座大型桥梁和1708座小型桥梁，使用水泥约8万吨，炸药8000吨，约有600余人在修路中不幸遇难，300多人受重伤。在公路沿线的巴基斯坦北部城镇吉尔吉特（Gilgit）的烈士陵园里，长眠着88位因修路而不幸牺牲的中国筑路工人。陵园处在一片开阔地带之中，在苍松翠柏掩映下显得极为宁静、肃穆。中间矗立着白色纪念碑，后面，就是牺牲的88位中国建设者的墓地，每一座墓碑上都清晰地镌刻着筑路英雄们的名字。他们有的是为了保护巴方工作人员而牺牲的，有的是被突如其来的洪水和泥石流夺去生命。英魂已逝，友谊长存，据说，直到现在还有很多当地的巴基斯坦人把中国牺牲者的照片挂在家中，以纪念那些长眠在本国土上的中国朋友。就在喀喇昆仑公路竣工前夕，在吉尔吉特烈士陵园参加中国工程技术人员遗体埋葬的两名巴基斯坦人留下来成了看护墓地的义工，30年如一日悉心看护着这片神圣之地。30年光阴似箭，当缕缕青丝化为满头银发的时候，命运方显本色。我想，对于这两位老人来说，那份执着的信仰已经完全溶于满头银发中了。其中一位不愿透露姓名的老人告诉我：“我在这里看守陵园已有三十多年了。一直没怎么休息过。为了修建喀喇昆仑公路，很多中国人献出了自己的生命，所以我把守护他们看作是自己的责任。”那一刻，我忽然想起了吉尔吉特纪念碑顶上的一只活灵活现的铜雕山羊，据说山羊是喀喇昆仑山脉一带的吉祥物，被当地人奉为神灵，也许，在数十年的漫漫岁月里，它们和这位老人共同见证了这条人类战胜大自然的奇迹之路，也见证了中巴两国人民珍贵的情谊。我想，正是这齐心协力、坚不可摧的伟大精神力量一次又一次突破着人类挑战自然的极限。

这位老人是在吉尔吉特烈士陵园志愿看护墓地的巴基斯坦义工，几十年来一直默默守候着这份神圣庄严的友谊

山羊是喀喇昆仑山脉一带的吉祥物

中巴友谊纪念碑

或许我们的友情不似潮汐，
潮起还有潮落。
或许它更像大海，
海面时而现出微笑，时而阴霾，时而暴怒，
可它的心在深深的海底，却始终如一。

或许我们的友情不似花朵，
花开还有花谢。
或许它更像那青草和树木，
叶儿会凋零，
可它们的根却历久弥新。

或许我们的友情不似月亮，
月有阴晴圆缺。
或许它更像那繁星，
它们在夜空里时现时隐，
可它们那神秘的光芒却亘古永存。

May our friendship be not like the tides,
Tides rise, tides fall,
May it be like the ocean,
Whose face may show smile, frown or anger,
But whose heart is at bottom unchanging.
May our friendship be not like the flowers,
Flowers bloom, flowers fade.
May it be like grass and trees,
Leaves may fall down
But their roots live long.
May our friendship be not like the moon,
The moon waxes, it also wanes.
May it be like the stars,
They appear or do not appear in the sky,
But always exist with mysterious light

2011年4月5日，对喀喇昆仑公路进行改扩建施工的中国路桥工程有限责任公司驻巴基斯坦办事处的工作人员在吉尔吉特的烈士陵园里和当地百姓共同祭奠中巴两国筑路英雄

位于罕萨山谷阿里亚巴德的城堡

喀喇昆仑公路的建成也造福了当地各族百姓，他们得以走出世代闭塞的深山，感受外面的精彩世界。或许是面对这一人定胜天的伟大壮举，大自然嫉妒了，她不停地咆哮着，雪崩、泥石流、山体滑坡、落石、塌方、积冰、洪水、地震等地质灾害时有发生，致使路面和桥梁设施不断遭到破坏，有些道路难以通行，加之多年以来养护人员及设备补给不足等问题，致使道路状况不断恶化，严重影响了公路的正常、安全运营。因此，对于喀喇昆仑公路的改扩建便显得尤为必要。

中国的建设者们始终把这份爱与责任铭记心底。经过科学勘查与设计，中国路桥工程有限责任公司于2008年开始对喀喇昆仑公路进行改扩建施工。2010年1月，正当工程进展顺利的时候，在山谷小镇罕萨（Hunza）的上游出现了大规模山体滑坡，在帕苏和罕萨之间形成了一个巨大的堰塞湖，导致附近农田被淹，正在扩建的喀喇昆仑公路也有一部分被淹没，这给当地百姓生活造成了很大不便。

不过，对于天生具有唯美情结的罕萨人来说，天然形成的堰塞湖可以说给这片旅游胜地锦上添花。当皑皑雪山的倒影在湖面轻轻逸动时，更增添了这片“世外桃源”的神秘气息。罕萨（Hunza）本是一处被喜马拉雅山包围的小村落，长约161公里，宽约5公里，沿罕萨河谷经喀喇昆仑公路在红其拉甫山口进入新疆，也可以在明铁盖山口到新疆。往南经吉尔吉特市，沿印度河谷可抵达伊斯兰堡。长期以来，罕萨就像是一个静养于深山里的纯洁美女，清丝素衣，与世无争，过着平淡的生活，是喀喇昆仑公路向越来越多的世人呈现出她未经雕砌的美丽。据说，日本动画片《风之谷》的创作原型就源于此地。从历史上看，罕萨与中国也是颇有渊源。这个独立千年的小山帮于乾隆26年归附为清政府的外藩。1878年，清廷收复新疆后，罕萨王立即遣使通好。1891年12月，英国殖民者乘罕萨内乱之际进兵占领，罕萨首领携数百人逃到中国卡伦附近，要求清政府出兵保护。1892年中英双方达成协议，清政府原则上仍对罕萨拥有宗主权。但由于英国殖民势力的不断渗透和控制，罕萨逐渐沦为臣属克什米尔的山邦，1947年印巴分治后成为巴控克什米尔的一部分，但仍然保持土邦自治，由罕萨王管理。1974年巴基斯坦政府取消土邦制，将其归于北部地区政府管理，罕萨王也将两座具有西藏风格的旧城堡捐献出来，作为历史文化遗址向游人开放。隐秘几千年的神秘山村就这样被慢慢揭开了面纱，不过，罕萨真正为世人熟知还要归功于喀喇昆仑公路的开通。这些年，到此旅游的外国人越来越多，商店、旅馆、餐厅也如雨后春笋般地出现，这一方面造福了当地人，另一方面，也慢慢打破了它原始宁静的氛围。

人们说，罕萨有“三绝”。第一，是生活环境绝对原生态。从河谷到半山腰，层层梯田上是高耸的白杨和各类果树。石砌的小屋，依山势起伏，星星点点，错落有致，好似跃动的音符唱着欢乐的歌。其间，牛羊、牧人、青草和零星的野花，皆沉浸在从皑皑雪山飘来的徐徐清风中，那彻底的清凉，无言的风情，真是无处不在、无处不有。正如唐朝诗人王维笔下的《山居秋暝》一样，充满了隐遁的意境和悠然自得的诗情：

空山新雨后，天气晚来秋。
明月松间照，清泉石上流。
竹喧归浣女，莲动下渔舟。
随意春芳歇，王孙自可留。

——王维《山居秋暝》

In the empty mountain after rains afresh,
The autumnal air arrives belated.
Through the pines, the bright moon shines,
Over the pebbles, the limpid spring runs.
Bamboo rustles as silk-washing girls come back,
Lotuses sway as fishing boats go off.
Spring flowers may rest as they please,
Autumnal season attracts me to stay here in peace.

— *On an Autumn Evening Dwelling in the Mountains*
by Wang Wei (701-761)
in Chinese Tang Dynasty
Translated by He Yubin

（元）黄公望《富春山居图》

第二，是生活方式绝对健康长寿。罕萨还是世界著名的长寿之乡。这里远离大城市的繁华与喧嚣，清新的空气、简朴的生活、平和的心态，使得人们普遍长寿，平均寿命据说在90岁以上，是世界上著名的高寿区。罕萨人以果蔬乳品为主的膳食结构也是重要的长寿秘诀。杏、苹果、桃子、石榴等水果是上帝赐给他们最好的礼物，还有富含矿物质的山泉及雪山融水，对健康更是大有裨益。

第三，是绝对神秘的血统。关于罕萨人的祖先，至今还是个谜。他们白净而略带雀斑的皮肤，金褐色的头发，高耸的鼻梁，晶莹绿色的眸子，看上去很像欧洲的凯尔特人。这或许又要从亚历山大东征说起，据说当年亚历山大的部队东征至此，有一批士兵迷失方向，误入山谷。没有人烟，也没有野兽，只有遮天的古树和沙田，田里种着土豆。田边有一道小溪，溪水奔腾而清澈，是这寂静山谷中生命力的象征。溪水留住了他们，土豆是唯一的粮食，清晨听群鸟歌唱，伫立溪边数石头，把惆怅写在枯叶上，漂到水里，带去一段逝去的时光……终于有一天，又来了一家躲避战火的人，生命得以延续。

虽然此说无从考证，罕萨人与众不同的气质总是令人产生无限遐想，也许，这真的是地球上最后一片伊甸园吗？

总而言之，崇尚自然之美是罕萨人与生俱来的价值观，他们对这片天然形成的堰塞湖更是情有独钟，尽管这给他们的出行带来诸多不便。经过多次专家实地考察和论证，本着以人为本、和谐自然的理念，2010年12月，中国路桥工程有限责任公司与巴基斯坦国家公路局签署了喀喇昆仑公路堰塞湖改线段项目补充协议，将沿着这个堰塞湖新建一段公路，虽然新增的改扩建项目增加了不少建设成本，但是浪漫的湖光山色将永久保留下来，成为人间天堂、旅游胜地罕萨的又一处仙境。

* * *

或许很多人还不知道，除了冰天雪地、崇山峻岭以外，喀喇昆仑公路也有它源远流长、含情脉脉的一面——作为古代丝绸之路的重要支线，它涵盖了众多人文遗迹，特别是佛教遗迹，因为这条线路曾经是佛教传入中国的重要道路，历史上，法显、玄奘、宋云先后在此踏上前往古印度的取经之路。

我们经常谈起的丝绸之路大多是那条从古代长安（今西安）向西经塔里木盆地，再穿过中亚最终抵达欧洲地中海的漫漫长路。实际上还有一条通往南亚次大陆的重要支线，即从长安向西到达敦煌后，进入新疆南部的于阗、皮山等地，经喀什穿越现在的巴基斯坦北部的吉尔吉特、罕萨，最终进入南亚次大陆。可以说，这条古老的丝绸之路就是今天喀喇昆仑公路的雏形。公路沿线的众多考古发现和人类文明遗址都证实了这一点。因此，近几年，越来越多的旅游、文化和考古爱好者爱上了这条“奇迹之路”。不过，要想从头到尾走完它，并非一件易事。靠的是天时、地利与人和。

每年春季的五、六月份和秋季的九、十月份是游览喀喇昆仑公路的最佳时节。七月下旬至九月初的雨季常导致山洪泥石流的爆发，从十一月到来年的二月份异常寒冷，雪崩、冰灾时有发生，经常断路、封山。不过，即便在风调雨顺的最佳时节，走完这条漫漫长路也需凭借几分运气才行，如果只是想目睹喀喇昆仑公路的壮观，不妨捷足先登，从伊斯兰堡搭乘飞机赶到号称“喀喇昆仑公路上的明珠”的吉尔吉特市，特殊的地理位置和险峻的地形使这一段喀喇昆仑公路显得既惊心动魄又美不胜收，白雪皑皑的山峰仿佛近在眼前，使这座小镇成为喀喇昆仑公路上的最佳观赏点和旅行乐园。我的喀喇昆仑之旅，就从这里开始。

吉尔吉特是巴控克什米尔西北部城市，是巴基斯坦北部地区的重镇，也是中巴边境贸易的集散地，这个风景秀丽、气候宜人的小城被称为“喀喇昆仑公路上的明珠”。东北沿罕萨河谷经中、巴边境的明铁盖山口可进入中国新疆，西南印度河谷，经齐拉斯和塔科特可至伊斯兰堡。佛教曾在吉尔吉特兴盛一时，玄奘在《大唐西域记》里记载的“伽蓝数百所，僧徒数千人”的钵露罗国就在吉尔吉特附近。从市中心向西大约5公里的卡尔嘎（Kargah）河谷中，高大的悬崖岩壁上刻着藏式风格的佛陀立像，历经岁月的洗礼，那古老的佛像依然面目慈悲，摆着无谓的手势，似乎在向路人悄悄诉说着丝绸古道的沧桑往事。

位于吉尔吉特附近
卡尔嘎的佛像岩画

锦瑟无端五十弦，
一弦一柱思华年。
庄生晓梦迷蝴蝶，
望帝春心托杜鹃。
沧海月明珠有泪，
蓝田日暖玉生烟。
此情可待成追忆，
只是当时已惘然。

——李商隐《锦瑟》

A decorated zither, for no reason, is made
Of fifty strings- one string, one peg,
Each reminiscent of the youthful years...
Waking in the morning, Master Zhuang wonders
Whether he dreams of being a butterfly,
Or a butterfly dreams of being a butterfly,
Or a butterfly dreams of being Master Zhuang.
Wangdi, an ancient emperor, poured out his grief
Into the cuckoo cries in the spring.
A pearl holds its tears
Against the bright moon on the blue ocean;
A jade-induced mist arises under the warm sun
Over lantern field...
Oh, this feeling, to be recollected later
In memories, is already confused.

— Decorated Zither by Li Shangyin (813-858)
in Chinese Tang Dynasty
Translated by Qiu Xiaolong

到达吉尔吉特的晚上，刚刚下过小雨的山城在料峭春寒中享受着大自然的清新与静谧。晚风由四面山谷中吹来，像一首浸润心灵的诗，吹走了旅途的劳顿。市中心的主路上仍然有一些小店灯火阑珊，除了特色的克什米尔羊绒披肩、皮具和工艺品外，书包、丝绸、鞋子、装饰品等来自中国的小商品很多。吉尔吉特自古以来就是商贾必经之地，来自中国、伊朗、塔吉克斯坦、乌兹别克斯坦、阿富汗等地的商人们穿梭往来于大巴沙——伊斯兰人的传统集市，已有一千多年，特别是在喀喇昆仑公路通行以后更加红火。在一家印有英文牌匾“Tea Shop”的小茶馆里，我要了一小杯特色的山羊奶茶，一种用煮好的热红茶和山羊奶调和而成的颇受欢迎的热饮，刚喝了一小口，服务员就送来一块又圆又白的馕——当地最普遍的主食也是茶馆里的点心。只见街上的行人大多披着毛毯子一样的大披肩和皮拖鞋自在地走着，不由联想起早期的苏菲信徒们，或许就是因为这样的装束而得名？

透过穆斯林茶馆昏黄的光，可以依稀看到远处高高耸立的白色宣礼塔的塔尖，深蓝色幕布一般的穹宇中群星正如钻石一样闪烁，和那如眉的新月一同映出远山的轮廓，增加了夜的神秘。面对这广袤的星空，审美的喜悦很快被生命深处潜藏的孤独所取代。神思似乎已随着深邃的星光飞到另外一个世界。联想到人的渺小，一种无言的凄美油然而生。蓦地，我看到了那片熟悉的轮廓——我的“猎手”座，象征着猎人手脚的四处星斗格外清晰地展开，舒展豪迈如天马行空。这样的夜晚，我喜欢一个人看星星，无论走到哪里，总会有缘看到它们。尽管对天象星座并无研究，尽管不十分确定它真正的轮廓所在，身处异国他乡的我不知不觉心中一阵温暖，仿佛冥冥中受到某种庇佑。

瘦小的星星，在寒夜中寂寞燃烧的星星啊，还有谁也在凝望着它们？寻找遥远的安慰呢？

心中缓缓升起江河的《星星变奏曲》——

如果大地的每个角落都充满了光明
谁还需要星星，谁还会
在夜里凝望
寻找遥远的安慰
谁不愿意
每天
都是一首诗
每个字都是一颗星
像蜜蜂在心头颤动
谁不愿意，有一个柔软的夜晚
柔软得像一片湖
萤火虫和星星在睡莲丛中游动
谁不喜欢春天，鸟落满枝头
像星星落满天空
闪闪烁烁的声音从远方飘来
一团团白丁香朦朦胧胧

如果大地的每个角落都充满了光明
谁还需要星星，谁还会
在寒冷中寂寞地燃烧
寻求星星点点的希望
谁愿意
一年又一年
总写苦难的诗
每一颗都是颤抖的星星

像冰雪覆盖在头上
谁愿意，看着夜晚冻僵
僵硬得像一片土地
风吹落一颗又一颗瘦小的星星
谁不喜欢飘动的旗子，喜欢火
涌出金黄的星星
在天上的星星疲倦了的时候——升起
去照亮太阳照不到的地方

莫卧儿细密画

杜帕塔，杜帕塔

Dupatta, Dupatta

这种由棉花或丝绸制成的轻盈织物承载了巴基斯坦女性温柔妩媚的本质和别具一格的时尚内涵，也成为设计师、艺术家、作家们的灵感之源……

This light fabric made of cotton or silk bears a special sense of fashion and the tender nature of Pakistani female, which also became the sources of inspiration of designers, artists and writers, etc.

巴基斯坦著名学府
旁遮普大学的清纯女生

在巴基斯坦街头，除了五颜六色的彩车，最令人眼花潦乱的应该就是女士们身上披裹的宽大飘逸的“杜帕塔”（Dupatta）丝巾了，“杜帕塔”在巴基斯坦的国语乌尔都语中就是丝巾的意思。它的历史可追溯到大约公元前3000年的印度河谷文明时期，在摩亨左达罗遗址出土的人物雕像上就有这种宽大的服饰。谈到衣着，巴基斯坦人是很“宽松”的，无论男女基本上都穿长长的罩衫和肥大的裤子，女士则是多了一条宽大的“杜帕塔”丝巾来装饰。公元7世纪，到此求法的玄奘曾经这样描述当地人的服饰：

衣裳服玩，无所裁制，贵鲜白，轻杂彩，男则绕腰络腋，横巾右袒，女乃襜衣下垂，通肩总复。

这种流行于南亚地区的大围巾，色彩缤纷，飘逸洒脱，除了不可避免的穆斯林属性外，还具有明显的南亚特征，而且跟其他伊斯兰教国家的服饰有所区别——在土耳其和其他中亚地区流行的是较短的头巾，沙特阿拉伯地区妇女的头巾色彩十分单一呆板，并且多配以大长袍子。另外，很多人将“纱丽”和杜帕塔混为一谈，包括我自己，初来巴基斯坦的时候，也觉得这些飘逸的服饰就是纱丽。其实，两者还是有一些区别。首先，是尺寸不同，纱丽丝巾通常是一米多宽，五六米长，而杜帕

飘逸之美

塔丝巾要短一些，一般只有一米半宽，两米长，甚至更短。其次，两者所配套的服饰不同，戴法也不同。纱丽一般自腰部缠起，由腰部围到脚跟成筒裙，末端的下摆披搭在左肩或右肩，和上身穿的短衫相协调，露出一截腰肢。上身配以名为“杰姆普尔”的紧身胸衣，下身配以叫做“贝蒂戈尔”的衬裙。这样的搭配，使纱丽更为方便实用。而杜帕塔的戴法相对简单随意一些，除了不能直接系在脖子上以外，可以覆盖胸部、臀部和头部，它也可以作为腰带使用。改变杜帕塔丝巾的戴法可以使某位女性从时尚干练的白领丽人转变为朴实虔诚的穆斯林，也可以将丝巾紧紧包裹住头部，或只是披在左肩膀上以适应不同的社会场合需要。不过，在巴基斯坦，特别是旁遮普地区，也能看到年龄稍大一些的已婚妇女穿纱丽套服，或许是缘于历史上印巴相通的文化渊源。与纱丽修身露腹的穿戴效果不同，杜帕塔体现了穆斯林服饰遮身羞体和宽松肥大的特点，配以长长的外衫和极为宽松的裤子，还可以遮挡阳光、掩盖肥胖。

丝巾渐欲迷人眼

巴基斯坦航空公司（Pakistan International Airlines）的空姐总是那么笑容可掬

从某种意义上说，杜帕塔套装也是印度—穆斯林文化相融合的产物。现在，随着时尚的需要，丝巾可以或长或短，或宽或窄，或朴实或奢华。在巴基斯坦这个相对严肃的伊斯兰社会里，它起到维护女性尊严、宗教和谐的作用。在那些受塔利班影响较大的地区，如果妇女在公共场合没有戴上丝巾，或者没有包住头部，很可能招来非议。而在卡拉奇等沿海开放地区，杜帕塔则是时尚界的主角，是一道名副其实的亮丽风景线。不过，杜帕塔的民族特性已远远超过了它的宗教意义，就像我们的旗袍一样已经成为民族传统服饰文化的象征。1966年，国际著名服装设计大师皮尔·卡丹（Pierre Cardin）曾为巴基斯坦航空公司（Pakistan International Airline）的女服务员专门设计了杜帕塔丝巾。穆斯林世界的第一位女性领导人、巴基斯坦前总理贝布托（Benazir Bhutto）更是以一袭清新淡雅的杜帕塔薄纱套装风靡国际政治舞台。至今，在学校、机场、酒店、电视台等公共场合，总是可以看到身着杜帕塔“制服”的靓丽身影。因为这种由棉花或丝绸制成的轻盈织物承载了巴基斯坦女性温柔妩媚的本质和别具一格的时尚内涵，也成为历史学家、艺术家、作家们的灵感之源……

莫卧儿细密画

花园里
已是
落红满径
你翩翩走过
如同雕像一般高贵

花儿
映射出
你的骄傲
和永恒的群星
一起闪耀

香甜的玫瑰
伸出它的花蕾
去抚摸
你丝巾背后的沉醉

——迦利布《花》[1]

① 米尔扎·迦利布（Ghalib Mirza Asadullah Khan，1797–1869），19世纪著名乌尔都语抒情诗人，主要作品收集在《迦利布》诗集中。他的诗歌细腻、浪漫，引人遐思，深受巴基斯坦人民喜爱。

On the flower laden path
Of the garden
You step down
Statuesque, vein, proud
And in its reflected arrogance
Emanating from your closeness
The timeless constellations mirroring in its eyes
The sweet scented rose extends its stalk
To reach out to your turbaned brow

—Flower by Mirza Ghalib

杜帕塔套装的价格因面料不同、花式各异而高低不一，从几百卢比到几千卢比，各种价格都有。便宜的大多是给乡下小姑娘穿的普通薄棉或粗麻所做，贵妇人穿的是高档丝绸或薄纱，常缀以金丝银线织成的图案装饰，甚者饰以各类水晶宝石，看上去光彩夺目、贵气十足。巴基斯坦妇女大多体态丰腴，她们穿着飘逸多彩的都帕塔套装，有一种“犹抱琵琶半遮面”的绰约美姿。丝巾和长衫及裤子的颜色搭配体现了一个人的审美情趣，她们在这方面有天生的感觉，或素雅、或鲜艳、或随意、或华丽，都显得恰到好处。

杜帕塔丝巾的质地、款式千变万化，搭配出的效果也是“浓妆淡抹总相宜”

在快要离开巴基斯坦的时候，我忽然萌生了买一套杜帕塔套装的想法。在拉合尔郊外一所大型购物中心外，有一条繁华的商业街，各种服饰商店琳琅满目。只是，当那些精工细制、高雅飘逸的套服穿在自己身上的时候就有一种说不出来的貌合神离的感觉，也许，几千年的文化积淀决定了它们是那些浓眉大眼、体态丰韵的佳丽们的专属吧。失望之余，我忽然在一家服装店橱窗的模特身上发现一套与众不同的杜帕塔套装，不觉眼前一亮：纯棉质地的白色长衫配以黑色绸缎的滚边和小珠子镶边，裤子是极为清爽的天蓝色，点睛之笔则是那条黑蓝相间的具有水墨画效果的都帕塔丝巾，轻柔丝滑的质地带有某种中国丝绸的意境。这套都帕塔服装整体上，以白色为主调，黑蓝相间，活泼而不失文雅，时尚中透露着婉约，且做工极为精致细腻。这不就是我正在寻找的吗?

众里寻他千百度，蓦然回首，
那人却在，灯火阑珊处。

——辛弃疾《青玉案（元夕）》

A thousand times'midst the crowds,
I've tried to her trace,
Yet when I chance to turn back,
I stop him standing right in the place,
Where sightseers and lanterns are sparse!

—The Desk of Green Jade (The lantern Festival)
by Xin Qiji in Chinese Song Dynasty

店主说，这是刚到的新款，属于那种时尚型的杜帕塔套装，女大学生们会比较喜欢。虽然穿在身上有点紧，我还是毫不犹豫地将它买下。在信用卡刷过POS机的瞬间，突然停电了，四周一片漆黑。那些五颜六色的浮华，婀娜于丝巾上的金线珠片，精雕细琢的珠宝首饰和充满了欲

这是我在北京后海拍到的城市之光，都市的
浮华倒映在夜色的湖面上，泛起我思绪的涟漪

望的大眼睛忽然间都不再闪耀了。只能隐约听到不远处传来的发电机的轰鸣声。虽然停电在巴基斯坦不是什么新鲜事，城市之光很快又将闪耀，我还是下意识地握住了我的杜帕塔。心中默默念起了费兹（Faiz Ahmad Faiz）的“城市之光”：

The greenery is drying in a pallid afternoon,
Parched walls are wet hued with a lonely poison.
Far to the heart's horizon shrinks, rises, falls again
The fog of an undimmed grief, a heavy tide;
And yet behind this fog rises the City of Lights.
O, City of Lights
Who can tell how to attain your illuminated paths?
Here, in broken light, in night of separation,
Listless you see sitting the soldiers of desire.

—City of Lights by Faiz Ahmad Faiz
Translated by Sara Suleri Goodyear

回国以后，每当戴着这条具有独特晕染效果的大丝巾，朋友们都会投来好奇的目光。我说，它叫杜帕塔，来自美丽的巴基斯坦。

茉莉香飘，伊斯兰堡

Islamabad — When White Jasmines Bloom in The Fresh Green

站在夏克巴利安山公园上俯瞰伊斯兰堡，她整齐的格局似乎展示着某种似曾相识的历史，是啊，那棋盘式的网格形状不也是老北京城的雏形吗？或许道夏德斯参照了元大都的某些设计理念？抑或那只是古希腊人的传统？感叹之余，我由衷敬佩巴基斯坦人对于首都核心功能内涵的高瞻远瞩，以及以人为本的绿色环保思想。

Standing on the top of Shakarparian Park overlooking Islamabad, I was reminded of a neat pattern containing a familiar history-the original outline of ancient Beijing. Was Doxiadis inspired by the early checkerboard design of Beijing City in Yuan Dynasty? Or his idea just came from ancient Greek? Nevertheless I sincerely admire the farsighted people-oriented and ecological conception of setting up a new capital city.

伊斯兰堡是巴基斯坦的首都，也是我来巴基斯坦的第一站。当飞机透过云层低空盘旋的时候，从舷窗向下俯瞰，郁郁葱葱的茫茫绿色中，那整齐划一的白色建筑群宛如一朵朵盛开的茉莉花。这绿白相间的素雅在令我赏心悦目的同时又不免令人惊讶，没有高楼大厦，没有花花绿绿的装饰，首都原是如此清新自然啊？原来，在乌尔都语中，“巴基（pak）”是清真纯洁之意，“斯坦（stan）”来自古波斯语，意为地方、国度，所以巴基斯坦就是“圣洁之邦”。绿色和白色是巴基斯坦人崇敬的颜色，是纯洁和希望的象征，那简洁而大气的国旗就是由这两种颜色构成的，还有那被奉为国花的洁白茉莉，一如喀喇昆仑山上的晶莹白雪和郁郁葱葱的斯瓦特河谷一样都在向人们展示着一个自然而圣洁的理想国度。于是，巴基斯坦人用自己喜爱的颜色——绿色和白色，描绘出了一座美丽的城市－伊斯兰堡。她纯洁、年轻而大气，宛如一簇簇盛放于绿茵丛中的白茉莉，恬静安逸又充满勃勃生机。

其实，巴基斯坦政府在首都的选择上曾经历一番曲折。建国之初，首都定在当时的第一大城市卡拉奇，随着时间的推移，特别是大量外来移民的涌入，不仅给这座港口城市带来了社会矛盾，还增加了城市基础设施的压力，再加上炎热的气候和偏离其他城市的地理位置，1959年，当时的巴基斯坦联邦政府决定在拉瓦尔品第附近建立一个新的首都—伊斯兰堡，意为“伊斯兰教之城”。

俯瞰伊斯兰堡

伊斯兰堡风光

或许，在巴基斯坦的所有城市中，伊斯兰堡是最年轻的了，实际上，它也是世界上最年轻的都市之一。位于波特瓦尔高原西北端，马尔格拉山南侧，拉瓦尔湖西侧平原上的这座平地而起的新首都始建于1961年，历经十年的建设，采用希腊著名设计师道夏德斯（DOXIADIS）的理念，将传统的伊斯兰建筑风格和现代化的简约设计完美融合，并借助自然条件的优势大量引入绿色植被，造就了一座令人耳目一新、大气十足的“花园城市”。从夏克巴利安山上眺望整个伊斯兰堡，整齐壮观的格局令人叹为观止，900多平方公里的市区面积像棋盘一样被整齐规划出大小略等的功能区域：住宅区、商业区、学校区、办公区、使馆区、工业区、公园区等。在政府办公区里依次排列着总统府、总理府、议会大厦、最高法院和政府办公大楼等宏伟建筑，西侧是建有国家银行、广播电台和教法院的公共事业区，都十分气派。住宅区如棋子一般掩映在纵横交错的街区道路和绿化带形成的网格里，一栋栋白色住宅楼前点缀着鲜花和喷泉，优雅而恬静。

可以说，作为参观巴基斯坦的第一站，这座年轻首都的清新与活力完全出乎我的意料。春天，在市中心著名的真纳大街上散步简直就是一种浪漫的享受，吮吸着清爽的山风和茉莉花的香味，我的眼前只有一片片赏心悦目的翠绿与洁白，伊斯兰堡的建筑物绝大部分是白色的，在郁郁葱葱的丛林掩映下就显得更加素雅。前方不远处，就是由土耳其著名设计师设计、沙特前国王费萨尔资助建造的，占地19万平方米，高达80多米的标志性建筑费萨尔大清真寺，特别是四根高耸入云的锥形白色大理石柱子显得格外有神，像承载着无限希望的精神支柱一样坚定、肃穆，直入云霄。远远望去，或许它就是诗人伊克巴尔笔下的那座“圣殿”？

宏伟壮观的费萨尔清真
寺是伊斯兰堡的标志性建筑

费萨尔清真寺内到处洋溢着友好的气氛

岁月沧桑
我们的心已疲惫
在这片热土建一座新的庙宇吧
它将超越世间所有的殿堂
它的穹顶直耸蓝天
我们每日清晨吟诵甜美的经文
让爱的甘露滋润信徒心灵的花园
歌声中蕴含着力量与和平
祖国大地上
人们在爱中获得永生

——伊克巴尔《新庙》

如果把伊斯兰堡比喻成一座优雅的茉莉花园，费萨尔大清真寺就是最绚丽的那朵茉莉花。它不仅是圣洁的象征，更承载着巴基斯坦人对未来的希望。漫步其中，犹如穿梭于圣洁的殿堂，心中仿佛一尘不染了。虽然我不是穆斯林，还是能感受到某种超越宗教信仰的神圣。有时候，特定的建筑与宗教相结合，映射出的庄严与肃穆是属于全人类的，也是无国界的。望着身旁面带微笑，心怀虔诚的人们，不由心中一阵温暖。

在伊斯兰堡，购物是一种乐趣

走出费萨尔大清真寺，是一条宽阔笔直的大道。走着走着，耳旁传来一阵欢声笑语，是几位刚下学的小姑娘，她们的校服也是绿色和白色的组合，与四周环境融为一体，煞是好看。放眼四周，大街两旁的"蓝区"是著名的商业中心，一座座精致的小店里既可以淘到红木家具、羊绒披肩、皮具、手工地毯和黄铜器皿等特色艺术品，也可以实惠的价格买到类似于The Body Shop、Hush Puppies等国际品牌，而且，商家乐于接受人民币。不过，友好归友好，砍价仍是生活乐趣之一，好事多磨嘛。

要想俯瞰伊斯兰堡的全貌，不远处的夏克巴利安山森林公园是个不错的好去处。慢慢爬到山顶的时候，眼前豁然开朗，那整齐的格局似乎展示着某种似曾相识的历史，是啊，那棋盘式的网格形状不也是老北京城的雏形吗？或许道夏德斯参照了元大都的某些设计理念？抑或那只是古希腊人的传统？感叹之余，我由衷敬佩巴基斯坦人对于首都核心功能内涵的高瞻远瞩，以及以人为本的绿色环保思想。

难怪当初巴基斯坦政府在考虑迁都的时候，宁可新建一座城市，也不轻易破坏一座古城，像拉合尔、木尔坦、白沙瓦这些古城的格局风貌多少年来保存较好，基本未变，因为那沧桑的历史价值是人类共同的财富，不是任何"现代化"可以简单代替的。在伊斯兰堡，我遇到了一位曾经访问过北京的巴基斯坦教授，他在感叹北京的交通拥堵时，风趣地对我说："拉合尔也曾是当初迁都时的热门候选，只是这里一方面离印巴边境太近，另一方面古城的基础设施已经不堪重负，大量移民和新建设都将影响这座千年古城的风貌保护，所以还是决定建一座新城。而且，交通也不会拥堵！”

确实，与卡拉奇、拉合尔不同，伊斯兰堡的道路永远都是那么畅通无阻。一方面，源于现代化宽阔笔直的道路设计，另一方面，对外来人口的合理疏导限制也使它免受人满为患的压力。毕竟，这只是一座体现首都核心功能的年轻城市、花园城市，准确定位可以避免那些因盲目崇拜造成的环境和社会问题。其实，千年的轮回并不漫长，有一天，当她不再年轻，也以一座古城的姿态迎接世人的时候，那应是一份满意的答卷吧。

伊斯兰堡，这座白绿相间的年轻城市，颠覆了我对巴基斯坦传统市井的期许，她在设计理念上的前瞻性和科学性都是世界级的，也从侧面反映了一个民族与时俱进的朝气和不失传统的大气。

这种由当地名贵硬木雕制而成的工艺器皿在巴基斯坦很常见

诗意
——巴基斯坦的云、树和少年

Poetic Scene
— *Clouds, Trees and a Young Boy*

显然，这个沐浴在春风中的少年，不是乞求怜悯的。他挺胸而立，不卑不亢的骄傲姿态散发出巴基斯坦人坚强不屈的民族品质。虽然他的微笑是那么天真，还是掩饰不住一缕淡淡的忧伤，那种只有敏感的心灵才能感受到的生命深处的忧伤！

Obviously this Pakistani boy standing in the spring breeze was not looking for sympathy. His lovely and proud posture resembled the independent character of the nation. However I can feel some subtle sentiments behind his rustic smile, which can be only sensed by a sensitive heart.

在从伊斯兰堡前往暮里山途中的某个片刻，诗意悄然而至

何谓诗意?

我想，那应该是一种可意会而不可言传的境界，如同细雨中的江南小镇，亦真亦幻，引人遐思。是“念去去，千里烟波，雾霭沉沉楚天阔”的情怀，是给予人心灵慰藉的各种美感，隐隐夹杂着些许伤感的味道。

2010年4月3日的黄昏时分，在从伊斯兰堡到度假胜地穆里山的公路上，透过被细雨打湿的车窗玻璃，我看到了在黯沉的云层下，在即将消失的淡红霞光里，迅速移动的树和远山的模糊轮廓。

那一刻，诗意悄然而至，在眼前，在心里。

还有，那首叫做“诗意”的诗：

就在那时
诗意觅我而来
我不清楚
它来自何方
是从寒冬，还是河流?
它如何到来，以及何时到来
它不是声音
不是文字，更非寂静
它是街头长夜不时的召唤
突然间，它来了
在狂野炫目的烟火中，在寂寞归家的路上
我好似迷茫而恍惚，迷离中被它攫住
难以表述
视线模糊，灵魂开始了异动
灼热与被遗忘的羽翼
我试图诠释那一团火簇
于是我写下第一行苍白的诗句，苍白得缥缈
那只是胡言乱语，无知者的思想
忽然间我看见天堂的门开了
星儿迸出，在林宇间舞动
姿影婆娑，如箭，如火，如花
起风的夜晚，苍穹浩瀚
渺小的我沉醉在这星光璀璨的长空
轻盈神秘的影响中，我如沧海一粟
随着星儿一道旋转飘忽
心儿与风自由放逐

——聂鲁达《诗意》

And it was at that age
Poetry arrived in search of me
I don't know, I don't know
Where it comes from
From winter or a river
I don't know how or when
No, they weren't voices
They were not words or silence
But from a street I was summoned from the branches of night
Abruptly from the others
Among violent fires or returning alone
There I was without a face and it touched me
I didn't know what to say
My mouth had no way with names
My eyes were blind and something started in my soul
Fever of forgotten wings
And I made my own way deciphering that fire
And I wrote the first faint line, faint without substance
Pure nonsense, pure wisdom of someone who knows nothing
And suddenly I saw the heavens unfastened
And open planets palpitated plantations
Shadow perforated riddled with arrows, fire and flowers
The winging night, the universe
And I infinitesimal being drunk with the great starry void
Lightness image of mystery felt myself a pure part of the abyss
I wheeled with the stars
My heart broke loose on the wind

— *Poetry by Pablo Neruda*

那一刻，心中忽然一阵酸楚，我知道，眼前这极富诗意的一幕永远不会再现了，它将永远珍藏在我的记忆里。如同2008年3月，在卡拉奇机场，刚下舷梯时的那个回眸，我看到了不远处，翻滚着的棉花般的云朵下，一棵孤独的大树，在空旷的跑道旁，在黄昏的微风里轻轻颤动。

我把它拍了下来。

旅途中，变幻莫测的云或许是最富于诗意的自然景观了。树也是一种云，绿色的云，它那生长、茂盛、凋零的往复如同浮云一般曼妙，只是更加沉稳。感受着爱的阳光和狂风暴雨般的挫折，我也是一朵四处飘动的云，一棵迎风起舞的树，自在洒脱犹如元代词人卫立中那首小令《殿前欢（碧云深）》所描绘的，租下几朵缭绕的碧云，静卧于松荫之下，荡漾于花香之中，享受“云心无我，云我无心”的逍遥境界。

碧云深，碧云深处路难寻。
数椽茅屋和云赁。
云在松荫。
挂云和八尺琴，
卧苔石将云根枕，
折梅蕊把云梢沁。
云心无我，云我无心。

——（元）卫立中《殿前欢（碧云深）》

卡拉奇机场回眸的那个瞬间

原来，我们可以和云一样逍遥自在，只要我们和云一样没有悲喜之心。

又是一年春绿，那朦胧的树，变幻的云，是巴基斯坦留给我记忆深处最浓的诗意，尽管它们并没有什么特别。想起来，心里却总是潮湿的。

春江水暖鸭先知

2008年3月的巴基斯坦首都伊斯兰堡，春意正浓。市区郊外不远处的马尔格拉山公园，更是恬静在郁郁葱葱的新绿中。这一天，游客并不多，身旁一片片嫩嫩的树林和青草宛如绿色的云朵伴着花香和微风轻轻舞动，散发着生生不息的永恒。山中自是鸟语花香，绿茵静谧，令人神思飞扬解脱，心灵感到无比自由。

蓦地，绿荫丛中似有一双灵动的眼睛。原来，是一位十二三岁的巴基斯坦男孩儿，一身整洁清爽的装束与四周的春绿是那样完美地融合，几乎令人感觉不到他的存在。他也正在用一双质朴的眼睛看着我，稚嫩的微笑拂面而来，沁人心田，正是“玉树临风”！只见他的双手各举着的一串长长的草编工艺品，形成两道自然弯曲的弧线就像是蝴蝶的翅膀，春风中轻轻颤动的翅膀。

我不禁默问：

你多大了？叫什么名字？

为什么，在这个本应上学读书的时候，却站在这里？

那双“翅膀”是你自己编织的吗？

难道，你就这样站在那里一动不动，不向游客们“宣传”一下自己的工艺品？

显然，这个沐浴在春风中的少年，不是乞求怜悯的。他挺胸而立，不卑不亢的骄傲姿态散发出巴基斯坦人坚强不屈的民族品质。虽然他的微笑是那么天真，还是掩饰不住一缕淡淡的忧伤，那种只有敏感的心灵才能感受到的生命深处的忧伤！

蝴蝶的翅膀轻轻颤动着，在柔蜜的春风里，在诗意的绿色中，终于，它自由飞翔了，飞过春天的伊斯兰堡，飞过岁月的沧海桑田和命运的千山万水，停留在北京城南一条胡同里盛开的丁香花丛中。

同样的人间四月天，丁香花怒放的日子，在北京某个胡同小院里，一个头发蓬乱的小女孩儿正迷醉在淡紫色的丁香树下，痴痴地嗅着花香，痴痴地憧憬着未来，一双明亮的大眼睛带着与生俱来的孤独和难以掩饰的忧伤，天真得看不到花花世界里的一粒尘埃。

陪同的催促声惊醒了恋着丁香花的蝴蝶，它又回到了伊斯兰堡的绿荫丛中，望着那个胡同里的小女孩儿，不，是绿茵丛中的巴基斯坦少年！时空交错，恍然若逝，我的心微微颤抖。

男孩蹙了蹙眉头，却是欲言又止。看到我要走了，他缓慢地挪动脚步，轻轻举了举起那双美妙的“翅膀”，我怔了一下，还是回到等候已久的车子里。耳畔回响起David Bowie的那首老歌Nature Boy：

这位巴基斯坦少年天真质朴的微笑和略带忧郁的眼神忽然唤起我内心深处的感伤

There was a boy	曾经有个男孩
A very strange	奇怪
Enchanted boy	而又可爱的男孩
They say he wandered	听说
Very far, very far	他去过很远很远的地方
Over land and sea	穿越千山万水
A little shy and sad of eye	带着羞涩而伤感的眼神
But very wise was he	但他是个聪明的男孩
And then one day	后来，有一天
A magic day	神奇的一天
He passed my way	他经过我的身旁
And while we spoke	我们谈起了
Of many things	很多事情
Fools and kings	包括傻子和国王
This he said to me,	他告诉我：
“The greatest thing	“你将会明白
You'll ever learn	最伟大的事情
Is just to love and	就是去爱别人
Be loved in return”	以及为人所爱”

我不知道是否能再见到这位巴基斯坦少年？或许，“诗意”并不完全属于特定的时间和地点，只属于那些敏感的心，属于驿动于春天的浮云、绿树和大眼睛。

再回首，真纳墓

The Quaid-i-Azam Mausoleum

也许，在这个繁华喧嚣的大都市里，真纳墓给我们带来的不仅仅是对一代伟人的缅怀，还有来自心灵深处的思考，当空旷中的肃穆与蓝天白云融为一体的时候，便能感到内心的平静了。

Perhaps, in this bustling metropolis, Jinnah's Tomb brings people not only condolences for a great man, but also introspections from heart. Thus I felt so calm in my mind by the solemn ambience assimilated through the blue sky and white clouds.

四月份的卡拉奇，已经洋溢着夏日的湿热气息，我再一次来到著名的真纳墓参观。需仰视才能望见陵寝的白色大理石拱形圆顶在片片绿色棕榈的掩映下，微微发亮，肃穆而清凉。也许，在这个繁华喧嚣的大都市里，真纳墓给我们带来的不仅仅是对一代伟人的缅怀，还有来自心灵深处的更多思考，当空旷中的肃穆与蓝天白云融为一体的时候，便能感到内心的平静了。

刚走进高高的大门，就看到穿着红色T恤衫的讲解员大叔已经在不远处的台阶上等候，四周洁白如玉的大理石建筑将那一团火红衬托得极为抢眼。他说很高兴再一次见到我，所以特地穿上这件红色T恤衫——我们上次来时送给他的礼物，两年以来一直珍藏着它如同一份美好的回忆，因为终于再次见面了，终于有机会穿上它为我们再一次讲解真纳墓！其实，老先生是记错了，那件红色T恤衫并不是我送的，无论如何，都是来自友好邻邦的真诚，我们不想让老人扫兴，就让他再一次沉醉于那美好的回忆中吧。

一阵海风吹过，夹杂着属于热带海水特有的潮涩咸味，如同伤感的泪水在宏伟的白色墓园中飘荡着，仿佛在向参观者们悄然诉说着那段不同寻常的历史。

圣洁的真纳墓

穆罕默德·阿里·真纳（Mohammad Ali Jinnah），巴基斯坦的缔造者、著名政治家，1876年12月25日出生于卡拉奇一个穆斯林富商家庭。真纳从6岁起，先后在信德伊斯兰学校、孟买伊斯兰协会和卡拉奇教会中学学习，16岁考入孟买大学，1892年1月赴英国伦敦林肯律师学院攻读法律。他勤奋学习，只用两年的时间就学完了要四年才能毕业的全部法律课程。1896年，取得高级律师资格的真纳回到了老家卡拉奇。第二年，他在孟买创办了自己的律师事务所。最初的几年，他在事业上屡遭挫折，不过，这位踌躇满志的年轻人并未气馁，苍天不负有心人，经过不懈的努力，真纳终于在孟买法律界站稳了脚跟，这也为他以后的政治生涯奠定了坚实的基础。

19世纪中期以后，正是印度民族运动风起云涌，反抗英国殖民主义斗争浪潮此起彼伏的时候。一百多年残酷的殖民掠夺使南亚次大陆逐渐变为英国的原料供应地和商品倾销市场，致使大量民族手工业者破产失业，沦为贫民。农民更是承受着殖民统治者和封建地主的双重压迫。另一方面，英国殖民者的疯狂掠夺和剥削压迫不仅把广大劳苦大众推入了饥荒、瘟疫和死亡的深渊，同时也触动了印度教和穆斯林贵族、封建地主的利益，导致民族独立运动的风潮一浪高过一浪。1857年爆发的印度民族大起义就强烈震撼了英国殖民者的统治。正是在这样的历史背景下，真纳以救国救民为己任，于1898年加入了印度国民大会党，积极投身到伟大的民族独立运动中。1906年他以国大党领袖瑙罗吉的私人秘书身份参加国大党加尔各答会议，把印度分治的政治主张写进奥罗治报告中，即“自治决议案”。1913年真纳加入“全印穆斯林联盟”，1916年和1920年两任该联盟主席。他支持穆斯林争取在立法议会中占有代表席位的斗争，反对分裂并积极致力于印度教徒与穆斯林之间的政治团结，促进印度国大党和穆斯林联盟的合作，提出“团结就能得救”的口号。

但是，历史的诸多因素造成印度的民族和宗教问题本身就是错综复杂的，再加上英国殖民统治者不断挑拨离间，采取分而治之的策略，使得原本就复杂的形势雪上加霜。特别是随着国大党的发展壮大，其对穆斯林联盟的歧视也越来越明显。在1937年的选举结果中，国大党大获全胜，而穆斯林联盟只获得了较少的席位，他们对真纳提出的“以平等伙伴的身份而工作”的建议不屑一顾。在这种形势下，真纳认识到所谓“印度教徒和穆斯林能逐渐融合成一个民族”的理论，不过是个梦想。1940年他提出“两个民族”的理论，强调穆斯林既是一个单独的民族，就理应拥有“自己的家园，自己的领土和国家。只有坚持政治上的平等，才能实现印度的安定和穆斯林自治。”此后，“全印穆斯林联盟”在政治上控制了旁遮普以外的穆斯林占多数的省份。1945年，“全印穆斯林联盟”参加了中央立法议会选举，赢得了穆斯林的所有席位。

第二次世界大战后，世界政治、经济格局发生了很大变化。英国政府已经无暇顾及南亚次大陆的民族独立运动了，于1947年6月，公布了由最后一任英国驻印总督、海军少将蒙巴顿命名的《蒙巴顿方案》，同意了印度、巴基斯坦分治的政治要求，同年8月正式成立巴基斯坦自治领，真纳就任第一任总督。

1947年8月7日，真纳在巴基斯坦制宪会议上发表演讲，他兴奋地说：“你们自由了！不论你们属于什么宗教、种族或信仰，都毫不妨碍我们是一个国家的公民，本着公平这一基本原则！”

但是，刚刚成立的巴基斯坦内忧外患，处境岌岌可危。真纳不顾医生的劝告，仍然夜以继日地工作，不幸积劳成疾，于1948年9月11日病逝。对于真纳最后的日子，详细描述这段历史的纪实文学《午夜的自由》（*Freedom at Midnight*，作者Larry Collins和Dominique Lapierre）是这样描述的：

真纳并没有听从医生的建议好好休息，他认为历史所赋予的使命是超越死亡的。他倾尽全力让生命之火在最后一刻熊熊燃烧，照亮毕生为之奋斗的真理。

天不亮，烛不熄

当烛光
渐渐熄灭
不再闪耀

爱的火焰
亦
不再燃烧

我走了
穿着黑色的衣裳

——迦利布·米尔扎

The candle when it's no longer lit
Emits smoke from its wick!
The flame of love likewise shall don
A dress of black when I am gone

— *Lamp by Ghalib Mirza*

真纳以自己的生命之火为南亚次大陆人民的独立运动照亮了方向。在他去世以后，这片古老的热土虽然历经政治变革和权力更迭，巴基斯坦人民对于国父的崇敬之情是与日俱增，从纪念堂里那些孩子们庄重的眼神里就不难看出了。这一天，我们有幸目睹了一群身着整齐校服的巴基斯坦少年儿童前来参观，男孩子和女孩子们分在不同的队列，凝思肃穆的神情，天真毫无做作。当清脆嘹亮的歌声在大堂里回响，我就深深感受到了一种震撼心灵深处的力量，某种引起人类共鸣的力量，直摄心底，萦绕不去，令我想起另一位同时代的国宝级人物——真纳的朋友和领路人、哲学诗人伊克巴尔，正是他于1930年12月29日举行的全印穆斯林年会上首次正式提出了在印度西北部建立一个独立的穆斯林国家的主张。伊克巴尔在1938年去世后，真纳十分悲痛，在祷文中指出：“他为巴基斯坦和穆斯林所做出的贡献能与印度任何一位伟人相比。伊克巴尔是一位诗人，他通过恢复伊斯兰已有光荣的精神和决心来鼓舞穆斯林。虽然他不在我们中间了，但是我们对他的记忆将随着印度穆斯林的进步和发展而越来越清晰。”如今，我们依然能从伊克巴尔充满激情的诗句中去感受那个时代为争取民族自由而奋斗的所有仁人志士的心声：

今天，我将不再掩饰心中的累累伤痕
再痛苦也要将聚会变成幸福的花园
我要用压抑的怒火点燃人们心中的希望
在漆黑的夜悬挂万盏明灯

我是滋养鲜花的泥土
就让它们在痛苦中成长
我要把散落的珠子重新穿起来
即便那是个十分艰难的过程
我也要不懈奋斗，直到天明
还要向世人展示

在参观真纳墓的时候，我遇到了这些前来瞻仰吊唁的学生，他们的歌声深沉而嘹亮，在墓园里回荡着，萦绕不去

被灼烧得滚烫的激情

就让我一路前行
因为，这正是时代赋予我们的使命
明亮的眼睛都能看清

真纳以毕生的不懈奋斗“点燃人们心中的希望，在漆黑的夜挂起万盏明灯”。为了表达对这位国父的怀念之情，巴基斯坦政府根据人民的意愿花巨资历经20余年建造了这座宏伟、庄严的陵园。陵墓用大理石砌成，占地面积约53万平方米，四周有4条甬道直通陵园大门，甬道靠近陵墓一侧是喷水池，周围是绿油油的草坪和五颜六色的鲜花。远远望去，这个位于绿茵丛中的白色大理石陵园具有典型的伊斯兰建筑风格，外部的釉砖装饰被简约的网格状雕刻所代替，高大的椭圆形墓门像是巨大的花苞，十分壮观。顺台阶而上，宏伟的圆形拱顶需要仰视才能看清，以表示对这位开国伟人的崇敬之情。墓室里的大理石就显得更加亮白、剔透了。焦点当然是中间的石棺，虽然那只是个象征，因为按照穆斯林的习俗，遗体早已埋入地下了。真纳不仅是巴基斯坦人民的精神领袖，也是其他一些穆斯林国家人民尊敬的伟人，自然也吸引了不少外国游客前来参观、瞻仰。在墓室外面散步，感觉要轻松很多，一片片开阔的草地、鲜花、绿树和喷泉在习习海风的吹拂下构成花园般的景致，令人流连忘返。从陵墓上方远眺，卡拉奇的风光尽收眼底。

在墓室的外面有一个展示真纳生平事迹和遗物的纪念馆值得一看。那里陈列着这位开国之父的很多珍贵照片、书稿和遗物，睹物思人，恍若重现。讲解员大叔不顾天气炎热，如数家珍、声嘶力竭地向我们讲述着每一样遗物，我想，他所从事的已经不再是一份简单的讲解工作了，真纳，这位伟大的民族英雄已然成为他信仰的一部分。而那件红彤彤的T恤衫，犹如一团明亮的火焰，照亮着那些追求真理的心……

瓦迦，人约黄昏后

The Flag Lowering Ceremony at Wagah

望着白胡子老人羸弱的背影，我的心再次敏感起来，已经沙哑的嗓子何时才能好好休息一下？如果有机会再来瓦迦，我还能不能见到他呢？不知不觉，心中一阵酸楚……但愿，这些美好不会消逝。

Witnessing the lean back of the white beard old man in the twilight, I was deeply touched again. When can he rest and quench for his hoarse throat? Is there a chance that I will see him again when I visit Wagah next time? Hopefully such kindness can never fade away.

这样红彤彤的花与树，曾经出现在我的梦里

瓦迦（Wagah）本是南亚旁遮普地区印巴边界旁一个名不见经传的小镇，几十年如一日的升降旗表演令其名声大噪。

正在进行中的降旗仪式

在去瓦迦的路上，脑海里浮现的只是剑拔弩张的紧张氛围，因为这是在充满火药味的印巴边界，是重兵把守的前沿哨所。

自从1947年8月印巴分治以来，两国边界就成了敏感地带。1947年和1948年之交，印巴两国爆发了第一次克什米尔战争，接下来就克什米尔的归属问题又有几次大动干戈。瓦迦边界所划分的旁遮普省，在1947年8月份印巴分治的时候和当时的孟加拉省一样，被一分为二，阿姆利则所在的一部分成为印度的旁遮普邦，而拉合尔所在的另一部分成为巴基斯坦的旁遮普省，这就是按照宗教归属重新划分边界线导致的结果。当时，出现了著名的“百万人大迁徙”的场面，即有数以百万计的穆斯林从印度逃往新成立的巴基斯坦定居，与此同时，也有几百万的印度和锡克教徒从巴基斯坦逃往刚刚独立的印度。从此，两国一直摩擦不断。从某种意义上说，边界线成了两国关系的晴雨表。

不过，现在的瓦迦早已成为一个轻松的好去处，令其名声大振的就是这场即将上演的精彩“表演”——隆重的升降旗仪式，因为加入了观赏性的表演而变得妙趣横生，吸引越来越多的游客前来参观，50年如一日，已经成为名副其实的爱国主义教育课堂和著名的旅游景点。当地政府还为此特地修建公路、招待所和饭店来吸引游客。

从拉合尔出发向东二十多公里就到了印度和巴基斯坦陆路的重要通道——瓦迦边境口岸，对面不远就是印度旁遮普邦的首府阿姆利则。远远地传来一阵富有节奏感的轻音乐，是给观众鼓劲的背景音乐，再看看那些神态轻松，步履轻盈的参观者们，仿佛置身于热闹的集市，嗅不出任何印巴边界的火药味儿。依照巴基斯坦著名作家哈米德的描述：

> 拉合尔是一个向西绵延至摩洛哥的狭长穆斯林地带中最后一个主要城市，因此，他具有前线城镇所特有的处变不惊的气质。[①]

也许，处变不惊的拉合尔人真的将那种淡定闲散的姿态延伸到了二十余公里外的瓦迦边界了？不过，边界，即便是最友好国家的边界，总会有一些敏感的味道。那近在咫尺的距离，仿佛一下子把人们的心隔开了。如果没有这条边界会是什么样子？人们会不会穿着花色不同的服装，依旧笑语欢歌？为什么印巴两个敌对了半个多世纪的“邻居”，50多年来每天都要在相同的地点、相同的时间，以相同的方式面对面地举行降旗仪式？忽然觉得，那条界线不过是历史沉积于心灵深处的坎儿，需要时间慢慢跨越和消融的门槛。

这条“门槛”就位于瓦迦边境一个类似于体育场的中心分界线上，被两扇镂空的大铁门夹在中间，一侧是巴基斯坦，另一侧就是印度。也

---

① 《拉合尔茶馆的陌生人》，哈米德著，吴刚译，上海译文出版社，2009。

许，这是世界上最有意思的国界线了，因为，不仅能看到界碑，还能观赏到颇有戏剧表演味道的降旗仪式——两个国家同时降旗，自然有一番较量。

我慢慢走近那个刻着巴基斯坦星月国旗的镂空大铁门，望着对面的印度，衣着艳丽的观众，迎空飘扬的三色旗，身着土黄色军服和白色长袜的士兵都活灵活现，然而，近在咫尺的距离却又遥不可及，虽然穿过那道铁门之需几秒钟。我忽然想起一位网友描述的从印度阿姆利则经瓦迦边境口岸到巴基斯坦拉合尔旅行的经历，几十公里路的旅程居然用了14个小时：

早5点半起床，6点坐免费班车去火车站。去印度边境Attari的火车只有7:25和9:30两班火车。8点才出发，9点到Attari，印度移民局在2号站台上，外国人（其实就是巴基斯坦人和中国人）在13号窗口办理，移民局的官员对我们很客气，让我们优先办。

从Attari到巴边境小镇Wagah（瓦迦）只有4公里，依然需要坐火车，车票20卢比（后来发现没人买票，其实也没必要买票），我们在站台的State Bank of India把所有印度卢比兑换成巴基斯坦卢比。

出安检门就是去往Wagah（瓦迦）火车的3号站台，已挤满了拎着大包小包的印度人和巴基斯坦人，原定11:30的火车一直不见踪影，火车在印度时间4:30点从Attari出发（巴基斯坦时间4点），4公里路开了近一小时才到Wagah（瓦迦）。入境处是一个封闭的大厅，我们一进门，就有官员带着我们并安排第一个办理手续，那天我们俩实在太引人注目。不过移民局可能每周就周一周四等火车到后才开始工作，因此他们的电脑刚重启，差不多等半小时才开始办理。不过比起在印度，这里巴基斯坦人的友好已经让我们有些受宠若惊了。接下来我们还要转火车从Wagah（瓦迦）去拉合尔，30公里的行程居然要130卢比，火车票上印着“International Train”（国际列车），随后又是漫长的等待。

降旗“表演”结束了，渐渐散去的观众沐浴在金色夕阳里，意犹未尽

巴基斯坦时间6点半左右终于允许上火车，这趟火车就是刚才从Attari过来的列车，怪不得没人买之前20卢比的车票。站台上终于可以用巴基斯坦卢比买到吃的，买了蛋糕和奶茶，总算觉得人稍暖和过来。等到7点半火车才开，车上有荷枪实弹的巴基斯坦警察巡逻，从窗口望去，一路有铁丝网以及巡逻的军队，后来有个警察来看望我们并聊了许久，说这趟火车一直是恐怖分子的目标，一旦出事，很容易因推诿责任而造成两国冲突，他让我们别担心，说会保护我们。看着全副武装的警察，我想这130卢比的车票也是情有可原了。晚上巴基斯坦时间9点多我们终于到达了拉合尔。

从早上印度时间8点乘火车从阿姆利则出发直至到达拉合尔火车站，我们足足花了14个小时。

实际上，阿姆利则和拉合尔之间也就几十公里的路程，这位网友之所以耗费如此漫长的等待，除了当地人办事效率的因素外，恐怕就是边境惹的“祸”了。也许，每一位像我一样来瓦迦观看降旗仪式的游客，都希望能有机会抄个近道，直接穿过大铁门到对面的印度看一看吧。

太阳快落山的时候，看台上的观众越来越多，有的是游客，有的是学生，还有不少人是专程前来呐喊助威的拉拉队。仪式块开始的时候，只见一位身穿巴基斯坦星月旗服装的白胡子老头手举国旗，在看台中间的跑道上一边挥舞着旗杆一边高声呐喊："巴基斯坦，万岁！"那执着的神态、声嘶力竭的喊声引来大家的关注。原来老人已经70多岁了，是一位志愿者，每天都坚持从二十多公里外的住所赶过来助威，二十多年风雨无阻，可以说是瓦迦降旗仪式上一道独特的风景。

军号声响起，降旗仪式也就正式开始了。双方各有五名身高2米左右的仪仗兵威武登场，巴基斯坦仪仗兵身着黑色制服，印度兵穿的是土黄色的服装，头上都"顶"着一朵像扇子似的布制"鸡冠花"，据说是旁遮普一带男人的传统头饰。同样默契的还有两国士兵的表演路线都是以大铁门中间的边境线呈对称分布，节奏、步伐几乎完全一致，就像是经过同一导演的精心编排。首先是踢正步表演。仪仗兵们为了能将腿高高踢过头顶，踢步之前的跺脚非常有力，每一脚都跺得尘土飞扬，颇有"力拔山兮气盖世"的精神。士兵们就这样边跺脚，边踢着正步逐渐靠近大铁门旁边的旗杆，还不时叉着腰怒视一下对方。然后双方领队昂首挺胸阔步向铁门走去，步伐极快，手臂用力挥起与肩持平，双脚用力跺地，头上的"鸡冠花"也跟着前后摆动起来。刚走到铁门前，领队突然站住，叉起腰，双眼怒瞪对方，精心修饰的小胡子轻轻抖动，腮帮子气得鼓鼓的，摆出一副蔑视对方的架势。那一刻，我只觉得他们不仅是训练有素的士兵，更是经验丰富的演员，一个细微的动作就把那段历史演绎得淋漓尽致了，真是难得！于是，观众的情绪被进一步调动出来，助威声此起彼伏，这边是"巴基斯坦，万岁！"那边是"印度斯坦，万岁！"双方观众都不甘示弱，喊声一浪高过一浪，看台上国旗飞舞，我也情不自禁地欢呼起来。

随着表演的推进，双方士兵离那道神秘的边界线越来越近，终于分别打开各自的国门，麻利地解开旗杆上的绳子，在嘹亮的号声中徐徐降下国旗。大约一分钟后，军号声戛然而止，国旗也降到了最底部，我注意到，在“零距离”的那一刻，印巴双方的值日官相互敬礼、握手，再转身离开，大铁门“砰”地一声又被撞上了。领队将国旗叠好，轻轻亲吻一下，再十分崇敬地用双手高高捧起，在几名士兵的护卫下骄傲地返回哨所。

此时，观众们按捺不住激动的心情，纷纷跑过来与仪仗兵合影留念，气氛欢腾犹如刚刚散场的露天电影院。那位白胡子老人仍然神色凝重地挥舞着国旗，迎着金色夕阳向哨所外的出口处默默走去，发驼的背影渐渐消失在欢闹的人群中。夕阳渐渐染红了大片天空，星星不耐烦地隐藏在云雾中若隐若现，清冷的号角随风而至，一群小鸟盘旋在即将消逝的霞光里，轻轻吟唱着我飞扬的思绪：

当最后一缕夕阳
在你深邃的目光里闪耀
你醉了
沉醉于天边
那片镶着金边的云

迎着飞舞的春风
你再一次举起旗子
再一次唤醒
掌声，和每一朵即将睡去的花

因为，在你的脚下，
是茂盛的根
弥漫在历史深处的根

导游法汗告诉我，和前几年比起来，老人的嗓音喑哑了很多，日复一日的长途奔波和呐喊对于一位已经70多岁的老人来说确实是很大的体能消耗，而这一切，又完全是不计得失的奉献。特别是近几年，受到恐怖主义的影响，前来巴基斯坦的游客渐少，观礼台上的人气不如以往，他就更加拼命地呐喊给大家鼓劲加油，天天如此，风雨无阻。

望着白胡子老人羸弱的背影，我的心再次敏感起来，已经沙哑的嗓子何时才能好好休息一下？如果有机会再次来到瓦迦，我还能不能见到他呢？不知不觉，心中一阵酸楚……但愿，这些美好不会消逝——

一切纯洁的、辉煌的、美丽的，
强烈地震撼着我们年轻的心灵，
推动着我们做无言的祷告，
让我们梦想着爱与真理；
在失去后感到珍惜的，
使灵魂深切地呼喊着，
为了更美好的梦想而奋斗着——
这些美好不会消逝。

羞怯地伸出援助的手，
在你的弟兄需要的时候，
伤痛、困难的时候，一句亲切的话，
就足以证明朋友的真心；
轻声地乞求怜悯，
在审判临近的时候，
懊悔的心有一种伤感——
这些美好不会消逝。

瓦迦的降旗仪式，已经成为极富观赏性的“表演”

在人间传递温情，
尽你所能地去做；
别错失了唤醒爱的良机——
为人要坚定、正直、忠诚；
因此上方照耀着你的那道光芒，
就不会消失。
你会听到天使的声音在说——
这些美好不会消逝。

——查尔斯·狄更斯《这些美好不会消逝》

The pure, the bright, the beautiful,
That stirred our hearts in youth,
The impulses to wordless prayer,
The dreams of love and truth;
The longing after something's lost,
The spirit's yearning cry,
The striving after better hopes—
These things can never die.

The timid hand stretched forth to aid
A brother in his need,
A kindly word in grief's dark hour
That proves a friend indeed;
The plea for mercy softly breathed,
When justice threatens nigh,
The sorrow of a contrite heart—
These things shall never die.

老人名叫马赫尔，是瓦迦边境上的一名志愿者，每天都要到此助威加油，20多年一直风雨无阻，令人感动

Let nothing pass for every hand
Must find some work to do;
Lost not a chance to waken love
Be firm, and just, and true;
So shall a light that cannot fade
Beam on thee from on high,
And angel voices say to thee—
These things shall never die.

— by Charles Dickens

我相信，这些美好不会消逝，天地间唯精神永存。或许，精神对决就是这场看似轻松有趣的降旗仪式的真正内涵，它在塑造印巴边界新形象的同时也极大满足了两国人民的民族自豪感和自信心。多年来，瓦迦的升降旗仪式已成为印巴交界处的一种特殊景观，无论是和平时期还是紧张时期，都不会影响这个别具一格的仪式的举行。2004年8月9日，印巴两国还在这里交换了包括3名战俘在内的6名囚犯。但愿有一天，它能成为联系两国人民友谊的桥梁和纽带。

苏菲之爱

Mysterious Love — Mystic Sufi Poets and The Art of Qawwali

苏菲派认为，受到约束的个体好比一小滴水，而人类无限宽广的精神世界就像是浩瀚的海洋。小水滴的目标是融入大海，人类追求自我的结果也就是归于冥冥自然。

In Sufism the constrained individual spirit is frequently compared to a droplet of water or a bubble, while the unrestrained universal spirit is likened to an expanse of water or the ocean. The ultimate goal of the droplet is to be united with the sea. In the same way the journey of the human ego is to seek annihilation and become one with the infinite being.

2007年5月我在丝绸之路上的著名古城孔亚（Konya）拍到的旋转舞。多少年来，虔诚的苏菲信徒们通过这种方式追求人神合一的崇高境界

唤醒内在灵性的光芒
踏上这神秘而美妙的探索之旅
来自古老世界的智慧秘语
随着音乐的流动
穿透心底的迷雾
轻轻呼唤心灵深处的觉知
让身心合一的舞步
在自由、喜悦与爱之间
旋转，旋转，再旋转
舞出内在狂喜
活出真正自我
辽阔而抚慰人心的旋律，
缓缓进入放松与慰藉
紧张、束缚渐渐远去，
只听到自由的呼吸

这就是苏菲教派的旋转舞，虔诚的苏菲信徒们通过它来与上帝进行交流。2007年5月，在位于土耳其东部的塞尔柱王朝古都孔亚（Konya），我通过欣赏这身心合一的旋转舞第一次接触到苏菲神秘思想，只见身着白衣的信徒原地快速不停地旋转，白色敞口裙的裙摆随气流呈伞状打开，在芦笛发出的哀怨声中，飘飘欲仙，如痴如醉，令人心生静穆。孔亚曾经是古代丝绸之路上的重要驿站，也曾是塞尔柱王朝的首都，在13世纪塞尔柱王朝的鼎盛时期有一位杰出人物——梅乌拉那·杰拉莱丁·鲁米（Maulana Jalaluddin Rumi），世界上最伟大的神秘主义诗人和哲人之一。他创立了以旋转舞而知名的苏菲教团，苏菲教徒们通过这种不停旋转的舞蹈来跟上帝进行精神上的交流。这如梦如幻的旋转舞正是在向人们表达苏菲神秘思想的四层基本原理：认知真理，归依造物主；对真主创造人类的敬畏；由敬生爱，从而无条件地皈依；最后结束精神之旅，接受命运。

谈到巴基斯坦的诗歌传统就离不开苏菲神秘主义思想，虽然这一宗教流派是后来通过波斯传入南亚地区的，它对乌尔都语文学艺术和诗歌都产生了极其深远的影响。

苏菲是阿拉伯文Sufi的音译，原意为羊毛，由于早期的苏菲体验者通常穿着朴素的羊毛外套而得名。9世纪中叶，“苏菲”一词正式出现在阿拉伯文献中。11世纪开始将穆斯林中的苦行禁欲主义者通称为“苏菲”。阿拉伯伊斯兰教学者称呼该派成员为“穆泰赛维夫”（即苏菲圣人）。关于苏菲思想产生的背景与根源，可谓众说纷纭。作为伊斯兰教内的一种派别，它的产生与中世纪阿拉伯哈里发国家的社会条件紧密相关。从伊斯兰教兴起到先知穆罕默德的前两位继承人（哈里发）当政时期，统治阶层并未占有过多的社会财富，但是到第三位哈里发奥斯曼当政时期情况发生了较大的变化，他生活奢侈，到处安插亲信，不断激化社会矛盾，导致社会贫富分化现象越来越严重。因此，部分信徒对统治阶层开始不满，指责他们背弃了对真主的纯洁信仰而沉迷于世俗的物质享受，希望能够回到最初的朴素状态中。伍麦耶王朝时，禁欲主义逐渐成为一种反奢华的思想流派，其成员因穿羊毛粗衣而被称为苏菲。这就是苏菲派产生的历史背景。

那么，以神秘主义为核心的苏菲教派到底神秘在哪里？被世俗淹没的心灵还能感受到它的存在吗？显然，作为一种广为流传的宗教思想，它并非我们通常所理解的封建迷信那么肤浅。哲学家安德希尔在《实践的神秘主义》一书中指出：神秘主义指的是与现实相结合的技艺，一种真实的人生过程，代表人类意识的最高形式。不论该终极真理被置于何种神学诠释的框架之内，此种冀望，往往盘踞在神秘主义者全部的意识范畴里，主宰着他们的生命，而且在所谓的神秘结合状态里达到目标。也就是说，神秘主义的神秘首先表现在神学宗教的信仰上，无论是佛教的“见性成佛”、伊斯兰教的“我即安拉”，还是基督教“上帝在你心里”，都反映出一种神人合一的境界，只是，不经修炼的常人很难理解和感受到这样的境界，因而觉得很神秘。

神秘主义都是以追求天人合一的融合为中心，具体方法有所不同。中国传统文化讲求的“天人合一”，是指人与自然的和谐统一，也指天道与人道的和谐统一。苏菲派们则是把苦行禁欲作为修行方法，目的是认识、喜爱、接近真主，最后达到与真主合一，力求以神秘的爱和沉思冥想，消除个人意识，包括忘却对来世的向往，达到无我而与真主相融合。这与佛教的“寂灭”思想颇为相似。

依照苏菲神秘主义的哲学思想，安拉代表永恒的美，通向安拉的道路就是爱，于是爱成了神秘主义的要素和精髓。8世纪末女神秘主义者拉比尔·阿德维娅提出了“神秘之爱”的主张，即安拉是永恒爱的对象，人类的灵魂最主要的本质是爱。爱能使人们与安拉相接近，引导人们达到安拉的道路是全神贯注的爱，而不是敬畏，也不是希望。人生的最大幸福就是与安拉合一。

滚滚洪流
咆哮着
直冲云霄
狂风将一切
撕成碎片
呈现出
令人敬畏的
爱的波涛

——德基·密尔[1]

Waves crash around and storms rage
From the whirlpool to the sky above
The buffeting winds tear all apart
And this is the fearsome River of Love

— By Mir Taqi Mir
Translated by David Matthews

① 德基·密尔（Mir Taqi Mir，1722–1810）是著名的乌尔都语抒情诗人，在民间有"诗圣"之称，其诗句蕴含深厚的哲理与神秘主义思想，至今仍广为流传。

细密画：渐入佳境的苏菲信徒们

在这首18世纪著名苏菲诗人德基·密尔的诗句中，我们能感受到一种神秘的力量，正是这无所不在的超越世俗的“爱”将人与自然结合起来。可见，神秘的爱是苏菲主义的基础。信徒与神之间的关系被解释为至纯的“爱”，人与主之间是相互爱恋的关系，人对真主不只是朝拜和敬畏，而更应当把主当成渴慕和追求的对象，在某些苏菲文学里甚至把真主比喻为“美人”，在苏菲信徒的心目中真主是至美的唯一体现。

苏菲教派是在伽色尼王朝时期传入现今巴基斯坦所在的南亚地区，他们善待百姓，宣传人人平等的思想，在一定程度上改变了当时南亚地区普通百姓对伊斯兰教的看法，减少了他们对穆斯林统治者的抵触情绪。另一方面，苏菲教义中宽容隐忍的宿命主义哲学也在一定程度上缓和了社会矛盾。而顺从和隐遁正是苏菲教义的核心，是十分有利于统治阶级的。这就为印度教徒与穆斯林的和谐相处提供了宽松的社会环境，也为印度文化与穆斯林文化的融合创造了新的契机。在这样的文化背景下，苏菲神秘主义思想在文学、诗歌、音乐、哲学及宗教、社会生活中的影响越来越大，给阿拉伯语、波斯语、突厥语、乌尔都语等语言文学都带来了的空前繁荣。乌尔都语是中世纪穆斯林入侵南亚次大陆的产物，也是今天巴基斯坦的国语，雏形最早出现在12世纪，其词汇约40%来自波斯语，20%来自阿拉伯语，其余还有包含少量印地语、突厥语和英语等。在其形成的过程中，苏菲派在民间的传教活动起到了积极的促进作用。诗歌正是苏菲教徒们传播神秘主义思想的主要方式，苏菲诗人们把诗歌创作的天赋与神秘主义思想巧妙结合，力求用自己的诗歌为广大信徒传道解惑，用诗歌反映自己对宇宙和人生的基本认识，创造出了极具哲学价值、思想价值和文学价值的苏菲神秘主义诗歌，成为世界文坛中的一朵奇葩。

大约从12世纪开始，位于南亚次大陆的苏菲教徒们开始通过波斯语和逐渐形成的乌尔都语诗歌抒发冥想、忍耐、虔诚、苦行、寂灭的思想，并表达对主的无限热爱。阿米尔·库斯鲁（Amir Yaminuddin Khusrao，1253—1322）被认为是最早用乌尔都语进行创作的苏菲诗人，被誉为乌尔都语文学之父，他的精神导师就是著名的契什提教团的苏菲大师尼扎姆丁·奥利亚。阿米尔·库斯鲁的诗风清新、语言简练、韵律考究，耐人寻味：

我问她：
比明月更皎洁的是什么？
——是我的脸庞
比蜜糖更甜美的是什么？
——是我的呢喃

爱的真谛是什么？
——是忠诚
不要对我冷酷啊
——这才是我的任务

我问，关于爱的消亡
她说，那是离开我的悲伤
我问，如何给生活疗伤？
她说，看看我的目光

你难道是个仙女吗？
——我是受人崇拜的偶像
我有些不知所措
——你已为我痴狂！

吹笛者（Chughtai绘）

I asked: “ What is brighter than the moon?”
She said: It is my face.
I asked: “ What is sweeter than sugar?”
She said: It is my speech.

I asked about the way of lovers
She said: Fidelity.
I said: Do not be cruel and wicked.
She said: This is my task.

I asked about the death of lovers
She said: The pain of being separated from me.
I asked about the cure of life
She said: It is the sight of my face.

I said: Are you a bouri or a fairy?
She said: I am the king of Idols.
I said: Khusrao is helpless.
She said: He worships me.

— by Amir Yaminuddin Khusrao
Translated by David Mattbews

在这首典型的苏菲诗歌里，诗人采用一语双关的写作手法，借用现实生活中的爱情来抒发对主的热爱，因为，在苏菲圣徒的心目中，这才是真正的爱情。

在伊斯兰教历史上，最伟大的苏菲诗人还是梅乌拉那·杰拉莱丁·鲁米（Maulana Jalaluddin Rumi），这位出生于阿富汗的哲学诗人曾经在拉合尔等地生活过，蒙古人入侵南亚次大陆时来到小亚细亚避难。他创立了以旋转舞为代表的苏菲教团，其六卷叙事诗《玛斯拉维》（Masnavi）更是被奉为经典，在巴基斯坦广为传颂，对乌尔都语文学、诗歌有着十分深刻的影响，有人甚至将其奉为巴基斯坦诗歌艺术的鼻祖。伊克巴尔就对他崇拜备至。鲁米的抒情诗缠绵悱恻且富于哲理，耐人寻味。

如果你所爱的人
像一团炽热的火焰
那就和他一起燃烧

在漫长而痛苦的黑夜
做一支蜡烛
燃到天明

停止无用的
分歧和争吵
展现你的温柔甜美

即使感觉
被撕成碎片
也要为自己缝一件新衣

只要你一路向前
你的身心肯定会
重获喜悦

梅乌拉那·杰拉莱丁·鲁米（Maulana Jalaluddin Rumi）是中世纪著名的苏菲诗人和哲学家，对乌尔都语诗歌文学影响较大

向琵琶、手鼓
和喇叭学习
学习音乐家的和谐一致

即使二十个人中
有一人弹错了
其他人也会跟着走调

不要说，别人都在抗争
我一个人默默忍耐

你并非孤单一人
你抵得上成百上千
只要点亮你的明灯

因为一团生的火焰
好过
一千个死的灵魂

——鲁米《如果你所爱的人》

在伊斯兰堡民俗博物馆外进行表演的民间艺人

其实，鲁米的“心上人”是真主安拉，这甜如甘蔗般的爱情体现的正是无与伦比的“人神合一”。出生于苏菲派家庭的伊克巴尔对鲁米崇拜备至，希望和他一样用爱的力量净化心灵、感悟众生。

* * *

除诗歌以外，音乐也是苏菲教徒们宣传神秘主义思想的重要方式。英国学者W. Pater曾说：“一切艺术都以逼近音乐为指归。”音乐表现内心生活，凭借最不便于造成空间形象的声音直接渗透到鉴赏者的内心。诗歌作为一种情感艺术，比音乐更带有明确性和具体性，比其他文学载体更能直接地表现心灵体验，所以，从某种意义上说，音乐是诗歌的灵魂。“格瓦利”就是通过吟唱由苏菲诗歌编排的音乐来宣传神秘主义思想的民间音乐形式。“格瓦利”一词源于阿拉伯语，意为“说”，这种充满节奏感的音乐传统可以追溯到大约700年前在南亚逊尼派苏菲庙宇中的宗教演奏，后来渐渐赢得了大众的喜爱而广为流传。

享誉世界的巴基斯坦格瓦利之王Nusrat Fateh Ali Khan的姿态就像他的声音一样震撼有力，只是人已去，魂未了

其实，从历史发展上看，诗、歌、舞的创作活动本来就是三位一体、相互渗透的，后来才随着社会的进步和发展被逐渐分离出来。音乐曾是苏菲契斯提教团精神修炼中的一种重要的手段，而苏菲契斯提教团在印度伊斯兰教的传播过程中占有重要的地位，这就使得虔诚的穆斯林君主也很欣赏苏菲音乐。莫卧儿帝国皇帝阿克巴、贾汗吉尔和沙杰汗都曾给予它相当多的资助，从而使苏菲音乐从宗教教堂得以走向帝王的宫殿，并进而广泛流行于印度穆斯林之中。在这个过程中，苏菲音乐中的宗教色彩也日趋淡化并融入了更多的世俗成分。不过，思想保守的奥朗则布皇帝并不鼓励音乐并且还对它加以禁止。这恐怕与他反对苏菲契斯提教团而推崇倾向于正统教义的纳格西班迪教团不无关系，也能从一个侧面看出契斯提教团对印度穆斯林音乐发展的影响。

南亚穆斯林传统乐器

“格瓦利”歌词的内容包括赞颂伊斯兰教的上帝——安拉、安拉的使者穆罕默德和其他圣人，也有一部分叙事诗和爱情诗，歌词的格律和形式有古典、现代和流行诗等不同类别，大多由2行或4行的诗歌组成，音乐结构也多为分节格式，所使用的语言有印地语、旁遮普语、乌尔都语等多种，赞赏苏菲圣徒阿格拉姆·苏哈巴·奥利亚以及其他圣徒的功绩是其主要内容，其特点是反复重复重要曲调和内容，在激扬的塔布拉鼓伴奏下成千上万遍的念唱赞主赞圣的词句，如旋转舞一样不停地“旋转”，借此达到一种喜乐、迷狂的境界，这也正是苏菲渴求的“人神和一”之神秘妙境。在演出过程中，“格瓦利”听者以及表演者本人，都会进入这样一种叫做“Wajad”的痴迷状态，即与神合而为一的境界。这时，人的精神得到提升，所有的灵感和力量重新开启，据说只有道行较高的苏菲才能体会到。所以，在信徒们的心目中“格瓦利”是一种特别能激发爱、悲伤、欲望和忏悔等强烈情感的音乐，目前在巴基斯坦仍十分盛行，是广播、电视、音乐会的重要曲目。直至今天，巴基斯坦的穆斯林诗人仍会在苏菲圣人的圣墓前定期举行“格瓦利”吟唱会，吟唱赞美真主和苏菲圣徒的诗歌，常常是通宵达旦，如痴如癫，并希冀借此摆脱人世间的烦恼，达到超越自我的“无我”境地。

在巴基斯坦，还有一种颇具表演性质的“格瓦利”的演唱会，通常由3到10人的乐队进行，主要的伴奏乐器是簧风琴和酒杯型的单面鼓。南亚音乐中的“拉格”是“格瓦利”表演中不可缺少的组成部分，“格瓦利”由乐器演奏的前奏曲开始，前奏呈示旋律主题，接下来是主唱者的独唱，呈示所用“拉格”音阶的特征。此后便是“格瓦利”的主要部分，主唱者唱一段后，其他演唱者跟着他反复一次，和南亚传统音乐中的“拉格”表演一样，有即兴的因素，乐曲的速度由慢到快，结构也从简单到复杂。据说演唱“格瓦利”音乐的乐队出场顺序是按照水平高低排列的，演唱越往后越精彩。在伊斯兰堡郊外的一个露天草坪上，我偶然看到了一次“苏菲之夜”的表演，参加者几乎全是年轻人，只见身穿漂亮长衫的“信徒们”在夜色中渐入佳境，在动感十足的电吉他伴奏下不停地甩头和扭转着身体，嘴里似乎还默念着什么，忽然，一阵“花瓣雨”迎空飘散……美不胜收。也许，如此“现代派”苏菲的音乐表演在正统派们看来过于肤浅甚至可笑了，不过，当事者清，旁观者迷，那种“天人合一”的狂喜确实既令人迷惑又令人惊喜。

最正宗也是最顶级的“格瓦利”艺术家当属享誉巴基斯坦乃至全世界的“格瓦利”之王Nusrat Fateh Ali Khan（已故），他那声嘶力竭的呐喊充满了爱的激情，极致到痛苦的表情令人震撼，仿若涅槃之佛。原来，在这个世界上，有一种歌是可以用生命去唱、去听、去理解、去演绎的。透过Nusrat Fateh Ali Khan对音乐超越生命的诠释，我又隐约听到了那缠绵悱恻的颂歌——正是这神秘宗教的血脉在一代代苏菲圣徒的口传心授中延续、升华，继而演化为契斯提教堂中如痴如醉的爱的旋律，在高大的圆形拱顶中不断回荡，日益嘹亮，最终汇聚成滚滚洪流涌向广大的苏菲信徒，奏响南亚穆斯林那气势恢宏的华丽乐章。

莫卧儿细密画

生命……是什么?
它浸染在五彩缤纷的秋色里,
飘融于轻柔无语的冬雪中
在绵绵春雨里,
在炎炎夏日中。
它包含在老人爽朗的笑声里,
也隐匿在孩子们天真的嬉戏中。
它寄托在人们的希望里,
也荡漾在美好的祝福中,生命是什么?
是喜悦,是领悟,
是心灵深处的音乐。

Life... what is it?
See it in the colors of autumn,
A gentle snowfall in winter,
A sudden shower in spring,
The radiance of a summer day.
Behold it in the laughter of the young and the old.
Know of it in a surge of hope,
The blessings that are bountiful.
What is life?
It is joy, awareness,
And the music within.

伊克巴尔，伟大的缠绵

Forever Iqbal

流水承载了生命的永恒，
生不如此，死不消亡，
永不言败，亦无止境！

——伊克巴尔

Life flows on this river of eternity
Man is not born this way; does not perish this way
Undefeated, life slips beyond the horizon,
But does not end there.

— Muhammad Allama Iqbal

著名诗人哲学家和社会活动家
伊克巴尔（1877-1938）
Muhammad Allama Iqbal

在巴基斯坦著名古城拉合尔的标志性建筑——宏伟的皇家清真寺大门外，有一座精致的四方形砂红色大理石陵寝，在绿荫丛中显得十分典雅、肃穆。初次参观至此的我颇觉好奇：这么重要的位置，一定安葬着某位莫卧儿王国的达官显贵吧？作为昔日的王国旧都，拉合尔有不少漂亮的皇家陵寝，贾沙吉尔及皇后努尔·杰汉均葬于此地，不过都不在如此靠近皇城的心脏地带——神圣的皇家清真寺和拉合尔古堡。

“这里安葬着伊克巴尔，一位伟大的诗人。”导游法罕的回答令我感到惊讶。一位诗人，被安葬在世界上为数不多的、最宏伟壮观的清真寺之一——巴德夏希皇家清真寺大门外，每日面对众多朝圣者敬仰的目光，那是怎样一位了不起的诗人呢？

也许，伊克巴尔这个名字，对于很多中国读者来说还有些陌生。作为20世纪南亚穆斯林最伟大的诗人，同时也是最伟大的哲学家和思想家，伊克巴尔的诗歌作品及其哲学思想的丰富内涵，已成为穆斯林乃至全人类的宝贵精神财富。如果说，巴基斯坦是一个充满诗意的国度，那么，伊克巴尔就是这个诗意国度的缔造者。在20世纪的南亚，在历史的漫漫长夜中，他是一盏明灯，是一部史诗，指引着人们探求真理的路。

伊克巴尔（Muhammad Allama lqbal，1877—1938），1877年生于印度旁遮普省锡亚尔科特一个穆斯林商人家庭，自幼受伊斯兰教熏陶，后进入教会学校接受现代教育。1898年伊克巴尔考入拉合尔公立学院学习哲学，1899年获旁遮普大学哲学硕士学位。毕业后在拉合尔公立学院教授英文和哲学。1905年在英国牛津大学研究西方哲学，后又在德国慕尼黑大学研究哲学和法律，主攻波斯神秘主义，获哲学博士学位。他于1908年回国做律师并加入拉合尔律师公会，同时从事诗歌创作。1911年伊克巴尔在拉合尔国立学院担任哲学、英国文学教授，不久辞职，悉心从事政治活动，哲学研究和文学创作。1922年英国政府因其在诗歌创作方面的突出贡献授予其爵士头衔。

位于拉合尔皇家清真寺大门外侧的伊克巴尔陵墓，在每年11月9日诞辰纪念日的时候，巴基斯坦人都要在此举行隆重的纪念活动

伊克巴尔身上兼具诗人、哲学家和政治思想家这三种不同气质，但他更珍视的是伊斯兰教信仰，诗歌和哲学成为他表达宗教信仰的工具。这位才华横溢的新一代穆斯林知识分子，很早就展露出惊人的语言天赋，用乌尔都文、波斯文和英文创作了大量诗歌和哲学论著，诗歌被收入《驼队的铃声》、《东方信息》、《杰伯列尔的羽翼》等10部诗集里，哲学代表作是《波斯形而上学的发展》、《自我的秘密》和《当代伊斯兰教宗教思想的重建》。主题思想大多是对人的本质、使命和人与社会、自然之间关系进行探讨，并表达对劳动人民的同情。

花
天上的信使，你或许想象
我的大地远在天边！
不，它并不遥远

露水
不过
只有勤劳的翅膀
才能证明大地并非远离天堂

黎明
在温柔的曙光里
走进花园
不要踩上露珠
拥住山岗和荒漠
还要
将天空的霓裳
紧紧抓在手中

——伊克巴尔《花园的黎明》

FLOWER

Perhaps you fancied
My land far off, sky-herald!
No, it is not far.

DEW

But only labouring wings
Prove earth not far from heaven!

DAWN

Softly as morning,
Not trampling its dewdrop pearls,
Enter this garden.
Clasp hill and desert, yet still
Catch in your hands the sky's robe.

— *Dawn in the Garden by Iqbal*

莫卧儿时期的宫廷彩绘

这盏悬挂于伊斯兰堡一家餐厅屋顶上的灯十分精巧别致，令人联想起历史上那些仁人志士们对光明与自由的渴望

这首诗细腻而富有哲理的语言表达了伊克巴尔对理想之国的渴望以及对劳动者的敬仰之情，它鼓舞人们用勤劳的双手去创造美好的明天。花、露水、黎明，曾经的风花雪月被赋予了深刻的哲理与诗情，令人浮想联翩，回味无穷。

时势造英雄，脱离了特定的历史背景，我们就难以真正走进一代哲人的心路历程。伊克巴尔所处的时代，正是南亚民族运动风起云涌、穆斯林逐渐觉醒并已进入反抗英国殖民统治的关键时期。特别是在1857年印度民族大起义失败后，南亚穆斯林痛定思痛，加快了寻求民族复兴的步伐。在这样的时代背景下，伊克巴尔勇于冲破传统束缚，主张伊斯兰教思想应与现代西方文明相结合，大胆提出对伊斯兰教义进行改革的想法。他认为，印度穆斯林经济上贫困落后、政治地位低下的状况主要是思想保守、因循守旧造成的，必须用现代科学知识重构伊斯兰教宗教体系，才能促进“伊斯兰教的伟大复兴”。在1911年完成的六行诗《诉怨》中他就十分勇敢地表达了穆斯林渴望崛起的心声：

为什么穆斯林得不到世间财富？
尽管你具有无可限量的神力。
如果你愿意，沙漠可喷涌清泉，
旅行者可见雾气蜃景变成波涛了。
外族的讥笑、屈辱和一无所有，
这是为你的名义而献身的回报？

现在的世界更加青睐外族，
它对我们只剩下一具空壳。
我们离去，全由他人掌管，
不要再说它是真主唯一的世界。
我们的生存是为了让你的名义永存，
侍酒已经离去，酒杯的意义何在？

聚会曲终，爱戴你的人也已散去，
再没有夜晚的叹息和清晨的抱怨。
他们把心交付于你，带走你的回报，
在你的聚会还未坐下即被驱赶出去。
带来对你的虔爱，带走明天的承诺，
去寻找吧，高攀你照耀众生的明灯！

——伊克巴尔《诉怨》（节选，刘曙雄译）

正是伊克巴尔实事求是、勇于追求真理的精神奠定了他在南亚乃至整个穆斯林文坛的地位。不过，他能受到广大巴基斯坦人民的衷心爱戴，除了那些激发人们奋斗的力量源泉——充满爱与哲理的诗篇和光芒四射的哲学思想外，更重要的一点，就是他创立了巴基斯坦立国论，是民族独立运动的领路人。1930年，伊克巴尔被推选为全印穆斯林联盟年会主席，并在主持该联盟的阿拉哈巴德会议上首次提出在印度西北部建立独立的穆斯林国家的设想，伊克巴尔说："我愿意看到旁遮普、西北边境省、信德和俾路支斯坦构成一个单一的国家。建立一个巩固的西北印度穆斯林国家，我认为至少是西北印度穆斯林的必然归宿。"从而首次向人们描绘了巴基斯坦国的雏形。1931年伊克巴尔在代表全印穆斯林联盟出席在伦敦召开的圆桌会议上再次重申了建立单独穆斯林国家是解决印度穆斯林问题的唯一选择。历史的发展证明，伊克巴尔所提出的这一理论，具有科学的前瞻性。后来，以真纳为代表的南亚穆斯林领导人继承和发展了这一理论，并带领人民最终建立起一个新的国度——巴基斯坦，南亚穆斯林自己的家园。

遗憾的是，这位毕生坚持伊斯兰信仰并主张追求正义、反对殖民主义的哲学诗人没能在有生之年亲眼目睹巴基斯坦国的独立，就于1938年4月21日因病去世了。拉合尔是他成长和长期生活的地方，千年古城浓厚的文化和宗教氛围给予了他丰富的创作源泉，安息于此或许就是冥冥之中主的美意吧。

安心地睡吧！你的自由的思绪，
属于天堂和你自己：
愿你心中的秘密，
与它的圣殿同在！

——塞缪尔·罗杰斯

Sleep on secure! Above control
Thy thoughts being to Heaven and thee:
And may the secret of thy soul
Remain within its sanctuary!

— by Samuel Rogers

信仰（佚名 摄）

暮色中的卡拉奇

Karachi In The Twilight

这里并不是著名的克里夫顿海滩，那个19世纪英国人开发的海滨胜地。这只不过是卡拉奇最普通的一段海岸而已，未经雕砌的自然不禁令人回想起当初那个名不见经传的小渔村。我终于看到了卡拉奇，这座巴基斯坦荣耀之城最原始的样子，是那样平静、从容与淡定，像一位惯看秋月春风的隐者，渐渐沉醉在粉红色的黄昏里。

我们都将归于平淡，无论曾经怎样繁华。

This is not the famous Clifton Beach developed as a seaside resort in the nineteenth century by the Britishers. It is only one of the most common coastal areas in Karachi, which is so natural that it reminded me of a fishing village of this metropolitan city. I finally witnessed the original appearance of the glorious Karachi, so quiet, calm and peaceful, just like an old hermit appreciating the autumn moon and spring breeze, and gradually indulged himself into the pink twilight of the dusk.

We will all return to peace and tranquility, regardless the magnificence in our past.

莫卧儿细密画

关于卡拉奇——这座巴基斯坦最大城市的早期记载出现于莫卧儿王宫的史记中，确切来讲，是关于卡拉奇人的。17世纪，一位来自卡拉奇的商人乘着阿拉伯独桅三角帆船沿印度河一路北上，来到拉合尔觐见沙杰汗皇帝，却被仆人赶了出来，因为他“闻起来就像是一条散发臭气的咸水鱼”。确实，在很长一段时间里，卡拉奇都只是一个默默无闻的海边小渔村。而这颗东方之珠的诞生或许还要得益于英国殖民者的发现。1843年，时任信德省首位英国总督的查尔斯·那皮尔（Charles Napier）在发现这个天然良港后曾兴奋地预言：“它将会成为东方的一颗耀眼明珠！”，此时的卡拉奇已有大约9000名的印度教徒和5000名左右的穆斯林。

颇具远见的那皮尔后来将信德省的省会从老城海得拉巴迁至卡拉奇，曾在当时引起较大争议：一座是历史悠久、设施齐备的古城，而另一座是名不见经传的海边渔村，除了黄兮兮的沙土以外就只有两座喑哑的城门——面朝大海的咸水之门（Karadar）和面向莱瑞河（Lyari river）的甜水之门（Mithadar）。当英国皇家海军发现了在卡拉奇海口有不利于船舶航行的岩石暗礁以后，商人们就更是对这个小村子敬而远之了。只不过，后来人们终于弄清所谓的岩石暗礁不过是淤积的泥沙而已，远没有想象的那么危险。1861年至1863年间，一座以那皮尔的名字命名的182000公吨的巨型防砂堤建了起来，1873年，又一座叫做Manora的特大防洪堤在卡拉奇海港落成，正是这两项伟大工程保证了大型船舶在卡拉奇港的停靠安全。特别是1869年以后，苏伊士运河的通航使卡拉奇成为经苏伊士运河出红海后的第一大港口，从而加速了它的发展。城市基础设施的不断完善和铁路建设使得人们再也看不到昔日渔村的景象，新式建筑遍地而起。19世纪末，卡拉奇已经成为名符其实的现代化的海港、一颗耀眼的东方之珠，那皮尔的预言得以验证。幸运的是，这座东方大港在两次世界大战期间均未受战火波及蔓延，而是作为重要的战略基地，金属加工和机械制造业空前发展起来。至1945年，卡拉奇海港的年吞吐量已达

卡拉奇的克里夫顿海滩
是著名的旅游观光胜地

300万吨，人口约45万，海运、工商业、金融、交通、服务、文化等各项功能设施齐备，昔日的小渔村已成为名副其实的东方巨人。

还有一件令卡拉奇人倍感骄傲的事情，这座城市是巴基斯坦国父、一代伟人，穆罕默德·阿里·真纳（Mohammad Ali Jinnah）的故乡。真纳1876年12月25日出生于卡拉奇一个穆斯林富商家庭，并在这里接受了早期的穆斯林教育。这位以民族独立为己任的政治家于1948年9月11日病逝于卡拉奇。宏伟圣洁的真纳墓可以说是卡拉奇的灵魂，不拜访真纳墓，就不算来过卡拉奇。

白天，在卡拉奇兜风也许是快速解读这个东方大港的最佳方式，各种强烈反差和对比迎面而来，充满现代气息的摩天大楼和摩肩接踵的陋巷相隔不远，豪华轿车与冒着黑色油烟的组装小摩托不断抢路，布满灰尘的空荡小楼外挂满了花花绿绿的广告标语，老城区内那些身着白色长衫的密集人群飘飘然、一团团簇拥的样子宛如天外来客，而西装革履的商人们自以为是的傲慢与身披旧布、糙皮赤脚的小贩们的自得其乐似乎永不相容。潮热的空气中总是弥漫着躁动、炫耀、欲望和某种不平衡，让人容易忽略历史和遗存，又令人莫名其妙地心怀希冀，或许这是所有海港城市的通病吧。当殖民者将所谓蓝色的海洋文明灌输给一个个原本平静的东方渔村的时候，各种表里不一的光怪陆离便开始滋长了，当初的孟买、香港、上海不也曾经如此吗？

有人说，卡拉奇，这颗曾经耀眼的“东方之珠”已是今非昔比，往日的辉煌已被其他国家迅速崛起的大港取代。不过，今天的卡拉奇依然是可以停泊万吨海港的巴基斯坦最大城市，也是巴基斯坦的工商业和金融中心，并且一直承载着这个发展中国家的光荣与梦想。只是，自阿富汗战争爆发以来，随着大量外来移民涌入，由民族、宗教等矛盾引起的治安问题比较突出，给这座大城市的发展蒙上了阴影。我虽然

Pearl Continental酒店是卡拉奇最豪华的酒店之一

来过卡拉奇两次，没能细细领略她的风采还是颇觉遗憾的。特别是在经过那些热闹的巴扎（穆斯林传统集市）的时候，我多想一边享受砍价的乐趣一边挑选具有南亚特色的工艺品啊，累了的时候来一杯新榨芒果汁就更爽了！卡拉奇所在的信德省素以手工制造业闻名，民间艺人们继承了千百年来代代相传的艺术传统和独特的审美观，各类纺织品、刺绣、首饰、地毯、陶器和木雕琳琅满目，做工精湛。据说，巴基斯坦其他城市的手工艺品大多来源于此。

* * *

大海是卡拉奇的生命之源，当暮色降临，浮躁的喧嚣渐渐平息的时候，到海边去，去看海，也许能感到某种返璞归真的安慰。黄昏时分，薄薄的云层好像一把无形的遮阳伞，把太阳遮得没有热力了，将火红的霞光稀释成淡淡的粉色，送着绯红的暮光徐徐下坠。虽然看不到海上落日的奇观，伴着清风在沙滩上走一走仍是十分惬意的。没有嬉笑打闹的声音，没有花花绿绿的货摊，更看不到身着泳装的人，只有三三两两像我一样闲来漫步的人们，也许这就是卡拉奇最真实最平淡的样子吧。

不过，这里并不是著名的克里夫顿海滩，那个19世纪英国人开发的海滨胜地。这只不过是卡拉奇最普通的一段海岸而已，未经雕砌的自然不禁令人回想起当初那个名不见经传的小渔村。我终于看到了卡拉奇，这座巴基斯坦荣耀之城最原始的样子，是那样平静、从容与淡定，像一位惯看秋月春风的隐者，渐渐沉醉在粉红色的黄昏里。

是的，我们都将回归平淡，无论曾经怎样繁华。

远远望去，那恬静的海滩，不知和巴基斯坦立国诗人伊克巴尔早年去英国留学途经地中海所看到的景象有何不同？面对同样沉默的大海，忧国忧民的诗人曾为穆斯林的复兴崛起深感忧虑：

寂静的海岸如言语一般委婉
请告诉我你的悲伤，因为我也和你一样

The silence of your shores is as eloquent as speech.
Speak to me of your sorrow- I too am sorrowful.

—*Sicily by Muhammad Iqbal*

暮色中的卡拉奇海岸，总能见到活泼可爱的孩子们

轻柔的海风越来越凉爽，散步的人渐渐多了起来。迎面走来一位十几岁的男孩儿，手里提着装满了玉米粒之类谷物的铁桶，应该是某种小吃吧。不过，他并不急着推销，只是站在那里羞涩地笑着，透露出对异国游客的好奇。又有几个孩子围了过来，白白的牙齿就像沙滩上的贝壳一样光亮。卡拉奇本是个著名的旅游胜地，我多么希望她能像现在一样，少一些喧嚣和混杂，多一些平静与安宁，多一些游客来领略那东方大港的魅力……

在孩子们的引领下，我登上了前方的堤岸。显然，这长长的沙堤不是19世纪那皮尔所建的巨型防洪堤，它实在太单薄了。远远望去，水天一色的朦胧恰似一幅欧洲印象派的水粉画。多少年来，我一直渴望着独自在这无涯的海上航行，带着某种通往无限永恒的快感，把那些消逝的岁月抛之身后。是什么驱动着我不知疲倦地奔走？远方又在何方？一望无际的苍茫中，我忽地听到几只鸥鸟不知疲倦地叫着，几千年如一日地呼唤，源自那名不见经传的小渔村吗？而沙洲又在哪里呢？那曾经让阿拉伯商船退避三舍的沙洲，那喜欢和渔民们捉迷藏的沙洲，那些曾被英国人夸大其词的淤泥，那些未能掩盖住昔日“东方之珠”夺目光彩的泥沙啊，你在哪里？

夕阳西下，晚星升起，
一个清晰的声音将我呼唤！
但愿沙洲没有哭泣，
当我登船远航。

起伏的海潮宛如安然入睡，
海水四溢，听不见声响，也看不见浪花，
当那深不可测的海洋中的灵魂
再度回故乡。

黄昏来临，晚钟敲响，
茫茫黑夜将要来临！
但愿告别时没有悲伤，
当我登船起航；

虽然海水会把我载到
超越时空的地方，
但愿能面见我的“领航者”
当我越过了沙洲。

——阿尔弗雷德·丁尼生《过沙洲》

夕阳西下的海面令人心生敬畏而又充满遐想

Sunset and evening star,
And one clear call for me!
And may there be no moaning of the bar,
When I put out to sea.

But such a tide as moving seems asleep,
Too full for sound and foam,
When that which drew from out the boundless deep
Turns again home.

Twilight and evening bell,
And after that the dark!
And may there be no sadness of farewell,
When I embark;

For though from out our bourne of Time and Place
The flood may bear me far,
I hope to see my Pilot face to face
When I have crossed the bar.

— *Crossing the Bar by Alfred Tennyson*

梦里花开
圣洁之邦

附录 Appendix

巴基斯坦实用资讯

Basic Information of Pakistan

国家概况

巴基斯坦面积约79.6万平方公里（不包括巴控克什米尔），位于南亚次大陆西北部，东与印度接壤，东北与中国为邻，西北同阿富汗交界，西同伊朗毗邻，南临阿拉伯海。海岸线长980公里。喜马拉雅山、喀喇昆仑山和兴都库什山这三条世界上有名的大山脉在巴基斯坦西北部汇聚，形成了奇特的自然景观。巴基斯坦大部分地区处于亚热带，南部属热带气候，北部部分高海拔地区终年积雪。年平均气温27度，年均降雨量270毫米。6—8月为夏季，大部分地区最高气温超过40度；12月至次年2月为冬季。

巴基斯坦经济以农业为主。被誉为粮仓的印度河平原和北部山谷建有庞大的灌溉系统，由于地处亚热带，水果资源非常丰富，素有东方“水果篮”之称。主要矿藏储备有天然气、煤、铁、铬矿、大理石等。工业欠发达，最大的工业部门是棉纺织业，其他还有毛纺织、制糖、造纸、烟草、制革等。主要进口石油及石油制品、机械和交通设备、钢铁产品等。主要出口棉花、大米、纺织品、皮革制品和地毯等。

入境须知

我国与巴基斯坦签订有互免签证费协议和互免外交、公务及因公普通护照签证协议。外交、公务及因公普通护照持有人赴巴无需办理签证；因私护照持有人办理签证免交签证费。因私护照持有人申请巴基斯坦签证，探亲访友及旅游者要求有亲属或朋友提供担保证明，然后持有效护照到巴驻华使领馆申办签证。

巴基斯坦是穆斯林国家，严禁携带各种酒类、猪肉及猪肉制品等违反伊斯兰教义的物品入境。

旅行注意事项

巴基斯坦属于较为传统的穆斯林国家，女士上街不要穿过于暴露的服装，最好有男士陪同。应遵守穆斯林风俗，对蒙面女士不要盯着看，如欲与巴基斯坦人，特别是女士合影拍照，要征得对方同意。清真寺内不要大声说笑。在公共场合绝对不能饮酒。如逢穆斯林斋月，白天进水进食、抽烟尽量避开人群。

从北京出发，巴基斯坦航空公司（Pakistan International Airlines，简称PIA）每周都有经停伊斯兰堡直飞拉合尔（周一）和卡拉奇（周五）的航班，如果要去其他城市，也可换乘国内航班，十分方便。巴基斯坦航空公司成立于1955年，是亚洲第一家使用波音707的航空公司，具有较为丰富的飞行经验，除亚洲外，还有飞往欧洲和非洲的国际航线。

巴基斯坦在6~9月天气十分炎热，应注意防暑降温，可携带一些清凉油、风油精及医治肠胃疾病药品。在夏天，如果饮食不洁易引发肠胃疾病。巴基斯坦城市都有国立医院和私人诊所，能够保证一般常见病的治疗，但在农村和边远山区卫生条件较差。巴基斯坦物价水平与我国大体相同，市场供应比较充足。货币为卢比，在某些地区可以直接使用美元或人民币。电压和国内相同，但是电源插座和国内不匹配，为英标，建议携带多用转换插座。

致谢 Acknowledgements

在2010年冬天参加的一个为巴基斯坦特大水灾捐款的活动中，我忽然萌生了写这样一本书的想法。洪水是这个南亚国家最常见的自然灾害之一。每逢夏季，巴基斯坦北部高山上积雪融化，再遇季风暴雨，形成的洪水致使流贯全境的印度河暴涨，泛滥成灾。2010年8~9月间的那场洪水更是百年不遇地罕见和凶猛，从北部的喜马拉雅山山脚沿印度河走廊冲向阿拉伯海，大量农田被淹、房屋倒塌、基础设施损毁，至少1600人死亡，约有占巴基斯坦总人口1/9的2000万人受到不同程度的影响，1/5的国土面积被淹没。联合国秘书长潘基文在视察灾区时曾发出感叹，如此巨大的灾难和损失已经超过了2004年的印度洋海啸和2010年海地大地震，这对一个以农业为经济基础并承受着极端恐怖主义威胁的国家来说无疑是雪上加霜般的沉重打击，需要很多年才能慢慢恢复。包括联合国在内的许多国际组织、政府、企业和个人纷纷捐款捐物，中国政府更是及时伸出援手，先后提供了大量的救灾物资并派遣了一支国际医疗队到受灾最严重的地区。

巴基斯坦2010年特大洪灾发生后，许多中资企业和爱心人士积极捐款捐物。图为中国路桥工程有限责任公司向巴基斯坦“2010总理洪水救济基金”捐款15万美元

2010年特大洪水肆虐中的巴基斯坦
（Adrees Latif　摄）

在这次活动的宣传片里，我看到了因洪水泛滥而流离失所的人们那无奈的眼神，忽然想起了已故的奶奶——一个听天由命的传统中国女人，以及所有关于巴基斯坦的回忆，包括那些伴随着春日芬芳的诗意般的回忆。有些界限，时间无法跨越，发现自我，只需一个瞬间。于是，我对自己说，把它们写下来吧，或许对于那些历经磨难的心灵，是一种安慰！

在此，我要特别感谢中国路桥工程有限责任公司，巴基斯坦驻华使馆文化和新闻处，巴基斯坦航空公司对本书的支持。我也衷心感谢所有关心、帮助本书出版的朋友们！希望读者们能以一个全新的视角去感受巴基斯坦的文化底蕴和某种超越国界和意识形态的情谊。由于时间仓促，本人学识有限，书中纰漏在所难免，敬请谅解和指正。

2012年7月20日于北京

The idea of writing a book came to my mind when I participated in a donation event for the devastating August-September 2010 floods in Pakistan. Flood has been one of the most common natural disasters in this South Asian country and the flood during August and September of 2010 was so rare and fierce that countless farmland, infrastructure and houses were destroyed in the areas from foot hills of Himalayas in the north, along the Indus River and finally towards the south to Arabian Sea. As a result around 1600 people lost their lives and some 20 million people (about one-ninth of the total population of Pakistan) were affected in different levels and nearly one fifth of the total land of Pakistan was submerged. UN Secretary-General Ban Ki-moon soon visited the disastrous area and sighed that it might be more serious than the Indian Ocean Tsunami in 2004 and the Haiti Earthquake in 2010. It is undoubtedly a fatal strike to a agriculture-oriented country which is in the shadow of extremism and terrorism and it would take many years for Pakistan to get recovered. Numerous of international organizations, countries, companies and individuals including the United Nations made donations, and the Chinese government also reached out her helping hand timely — more than one hundred million Yuan worth of relief materials and a medical team were sent to the worst affected flooding hit area.

From the documentary film of the event, I saw the pitiful looks of displaced Pakistanis affected by the floods, which reminded me of my passed-away grandmother, a traditional obedient Chinese lady, as well as all those poetic memories of Pakistan with spring flowers' fragrance.

Sometimes it may only take a second to discover oneself and I said to myself, "Write them down, as it might be a comfort for those suffering hearts."

No book is an island entire in itself, but is involved in all the wonderful help. Particularly I would like to express my sincere gratitude to China Road and Bridge Cooperation, Ltd, The Information and Cultural Section of Pakistan Embassy in China, Pakistan International Airline and Mughal's Restaurant in Beijing for their enthusiastic assistance and dedication of all my friends for the book.

I also sincerely hope that readers of this book are able to have a new perspective of the deep cultural traditions of Pakistan and some warm feeling beyond geographic boundaries and different ideologies. The world is too large and my own field of vision and knowledge is too limited to cover all the information I would have liked. I presume there may be errors. To my readers I humbly ask for your corrections and forgiveness.

Peggy Wang

July 20th, 2012, Beijing

图书在版编目(CIP)数据

梦里花开　圣洁之邦 / 素眉萍生著. —北京：世界知识出版社，2012.10

ISBN 978-7-5012-4324-2

Ⅰ.①梦…　Ⅱ.①素…　Ⅲ.①散文集—中国—当代 ②诗集—中国—当代 Ⅳ.①I217.2

中国版本图书馆CIP数据核字（2012）第213255号

责任编辑	张永椿
责任出版	刘　喆
责任校对	陈可望
封面设计	施明亮
书　　名	梦里花开　圣洁之邦 Menglihuakai Shengjiezhibang
作　　者	素眉萍生
出版发行	世界知识出版社
地址邮编	北京市东城区干面胡同51号（100010）
网　　址	www.wap1934.com
电　　话	010-65265923（发行）
经　　销	新华书店
排　　版	北京世知文化创意有限公司
印　　刷	北京盛通印刷股份有限公司
开本印张	787×1092毫米　1/16　13印张
字　　数	180千字　135幅图
版次印次	2012年10月第一版　2012年10月第一次印刷
标准书号	ISBN 978-7-5012-4324-2
定　　价	39.00元

版权所有　侵权必究